文庫書下ろし／長編時代小説

血の扇

御広敷用人 大奥記録(五)

上田秀人

KOBUNSHA

光 文 社

この作品は光文社文庫のために書下ろされました。

目次

御広敷略図

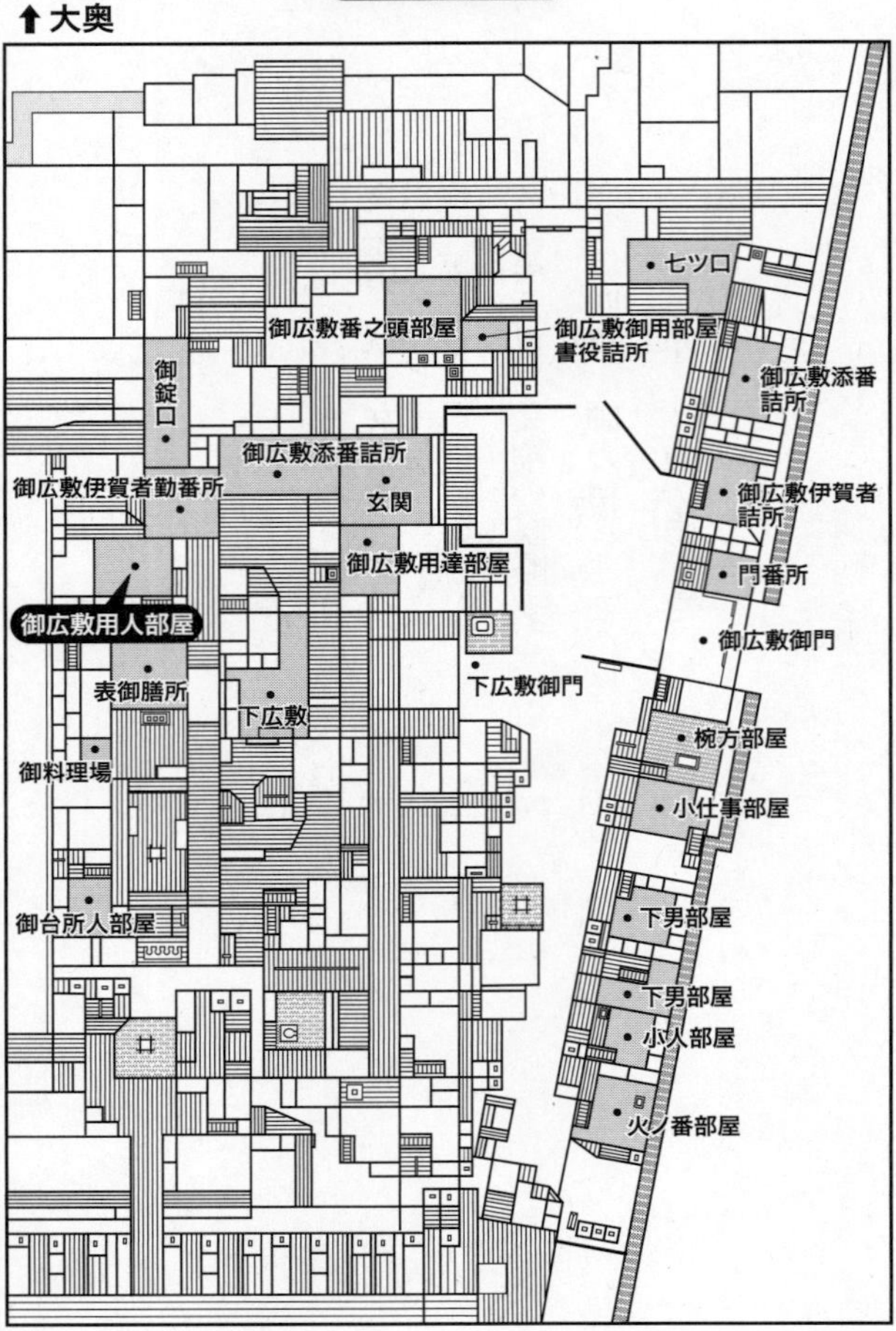

↑大奥
七ツ口
御広敷番之頭部屋
御広敷御用部屋書役詰所
御錠口
御広敷添番詰所
御広敷添番詰所
御広敷伊賀者勤番所
玄関
御広敷伊賀者詰所
御広敷用達部屋
門番所
御広敷用人部屋
御広敷御門
表御膳所
下広敷
下広敷御門
椀方部屋
御料理場
小仕事部屋
御台所人部屋
下男部屋
下男部屋
小人部屋
火ノ番部屋

御広敷役人の職制図

- 留守居
  - **警備・監察系**
    - 御広敷番之頭
      - ▽御広敷添番
      - ▽御広敷添番並
      - ▽御広敷伊賀者
      - ▽西丸山里伊賀者
      - ▽御広敷進上番
      - ▽御広敷下男頭
      - ▽御広敷下男組頭
      - ▽御広敷小人
      - ▽御広敷下男
      - ▽御広敷下男並 小仕事之者
      - ▽御広敷小遣之者
  - **事務処理系**
    - 広敷（御台様）用人
      - △両番格庭番
      - △御広敷（御台様）用達
      - △小十人格庭番
      - ▽御広敷添番並庭番
      - ▽御広敷（御台様）侍
      - ▽御広敷御用部屋書役
      - ▽御広敷御用部屋伊賀格吟味役
      - ▽御広敷御用部屋六尺
      - ▽仕丁

注 △印は御目見得以上、▽は御目見得以下であることを示す

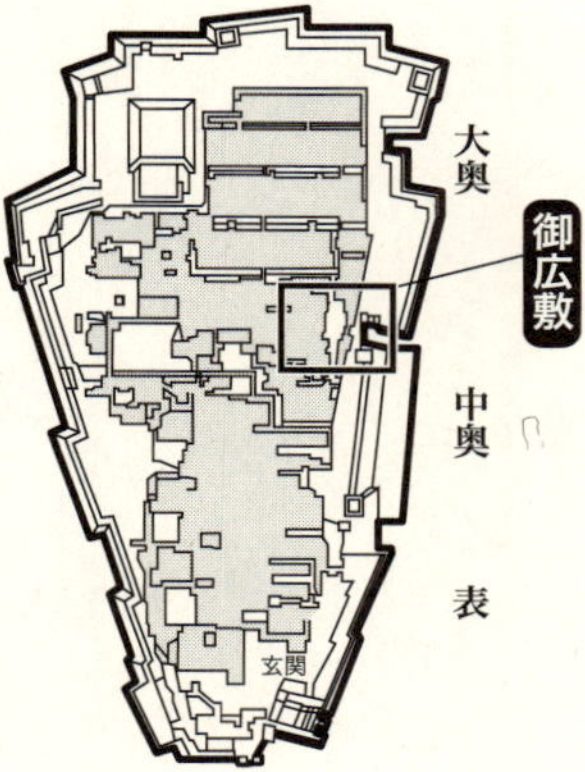

御広敷用人　大奥記録（五）

血の扇

血の扇　主な登場人物

水城聡四郎《みずきそうしろう》…………勘定吟味役を辞した後、在任中の精勤を称されて、八代将軍吉宗直々のお声がかりで寄合席に組み込まれた。将軍の代替わりを機に、聡四郎は役目を退き、無役となっていたが、吉宗の命を直々に受け、御広敷用人となる。

水城　紅《みずき　あかね》…………聡四郎の妻。江戸城出入りの人入れ屋相模屋伝兵衛の一人娘だったが、聡四郎に出会い、恋仲に。聡四郎の妻になるにあたり、いったん当時紀州藩主だった吉宗の養女となり、聡四郎のもとへ嫁す。それゆえ、吉宗は義理の父となる。

大宮玄馬《おおみやげんば》…………水城家の筆頭家士。元は一放流の入江無手斎道場で聡四郎の弟弟子だった。無手斎から一放流小太刀を創始していいと言われたほど疾い小太刀を遣う。

入江無手斎《いりえむてさい》…………一放流の達人で、聡四郎の剣術の師匠。

相模屋伝兵衛《さがみやでんひょうえ》………江戸城出入りの人入れ屋で、紅の父。ときに聡四郎に知恵を貸す。

天英院《てんえいいん》…………第六代将軍家宣の正室。

月光院《げっこういん》…………第六代将軍家宣の側室で、第七代将軍家継の生母。

徳川吉宗《とくがわよしむね》…………徳川幕府第八代将軍。聡四郎が紅を妻に迎えるに際して、紅をいったん、吉宗の養女としたことから、聡四郎にとっても義理の父にあたる。

第一章　女駕籠

一

女駕籠《かご》は遅い。

表向きの理由は、滅多に外へ出ることのない大奥《おおおく》女中が駕籠に慣れていないため、急ぐとその揺れで気分を悪くするからである。

だが、そのじつは駕籠を担《かつ》いでいる女陸尺《ろくしゃく》にあった。

奥女中の駕籠は、大奥の下級女中である火《ひ》の番《ばん》が担当した。火の番は目通りのできない軽輩《けいはい》であり、その主たる任は大奥内の警固《けいご》である。朝晩を問わず、二人一組となって大奥のなかを巡回する。もちろん、火の番だけでなく盗賊や争闘《そうとう》などにも対処した。それだけに体格が良いものが選ばれた。

とはいえ、大柄であろうが女には違いなかった。駕籠を担ぐとはいえ、男の陸尺のように大股《おおまた》を開くわけにはいかない。どうしても裾《すそ》を気にするのだ。吉原《よしわら》の花魁《おいらん》のように白い臑《すね》を見せるために道中するのではなく、臑はおろかくるぶしがちらついただけで、うるさい老女の叱りを受けることになる。裾を乱さないため、女陸尺たちの一歩は草履《ぞうり》一つ分ほどであった。

「なにをしている」

駕籠の後をつけている水城聡四郎《みずきそうしろう》はあきれていた。

「ようやくお城を出たか」

朝早くに御広敷御門《おひろしきごもん》を出た竹姫《たけひめ》の行列は一刻《いっとき》（約二時間）近くかかってようやく江戸城平川門《ひらかわもん》を出たばかりであった。

竹姫は本日武家の守り神として長く徳川《とくがわ》家の手厚い保護を受けてきた深川八幡宮《ふかがわはちまんぐう》へ、吉宗《よしむね》の武運長久《ぶうんちょうきゅう》を祈るために行列を仕立てた。

江戸城から深川まで、男の足ならば一刻もあればつくが、この速度では日のあるうちに戻れそうになかった。

「門限に間に合わねば、竹姫さまといえども無事ではすまない」

竹姫さま付き用人を命じられた聡四郎は気が気ではなかった。

大奥の出入りを司《つかさど》る平川門は、江戸城の内郭門《ないかくもん》である。内郭門には、厳重な門限が設けられており、六《む》つ（日没）には閉じられる。いや、それよりも早いのが、大奥と外との出入りをしている七《なな》つ口《ぐち》であった。もちろん、五代将軍綱吉《つなよし》の養女となっている竹姫は七つ口ではなく、大奥玄関を兼ねる御広敷御門を通るため、七つ口の門限である七つ（午後四時ごろ）にはかかわりない。とはいえ、行列の供《とも》をした女中たちは御広敷御門からの出入りが許される格式ではなかった。となれば、竹姫は間に合ったが、女陸尺たちはだめという奇妙な現象が起こる。

当然間に合わなかった理由は正当なものである。女陸尺たちはただ命じられて駕籠を担いだだけなのだ。

だが、それはとおらなかった。

女陸尺たちに駕籠を担いで深川八幡宮まで往復しろと命じたのは、大奥である。しかし、七つ口を管轄《かんかつ》するのは御広敷であった。

御広敷は大奥の雑務を担当するが、大奥の配下ではなかった。御広敷は、留守居《るすい》の配下であり、大奥とは別の命令を受けている。御広敷は留守居からの指示がない限り、門限を破ることを許さず、違反した者を処罰しなければならない。

女陸尺だけではなく、そのほかの女中、同行させられた御広敷伊賀者《いがもの》などは、門限破りとして御役御免放逐《おやくごめんほうちく》の処分を受ける。となれば、そのときの行列を支配していた竹姫にも責任は及ぶ。

「竹姫さまが予定より長く参詣《さんけい》の手間を……」

「お昼餉《ひるげ》に思わぬときを費《つい》やされまして……」

供たちからその一言が出れば、行列の門限破りの咎《とが》は竹姫に行く。なにせ、つい先年に同様の事件があったばかりなのだ。もっとも竹姫とは格が違ったとはいえ、門限を守らなかった者への対処という前例を作ってしまっていた。

それは、月光院《げっこういん》付きの年寄絵島《としよりえじま》の一件であった。ときは正徳《しょうとく》四（一七一四）年、七代将軍家継《いえつぐ》の御世《みよ》、月光院の代理として増上寺《ぞうじょうじ》へ参詣した絵島は、大奥御用達《ごようたし》の呉服商後藤縫殿助《ごとうぬいのすけ》の接待を受け、木挽町《こびきちょう》の芝居小屋山村《やまむら》座へ向かった。芝居を見終わったあと、当代人気の役者生島《いくしま》と食事をともにした絵島は、その楽しさにときを忘れ、門限に間に合わないという失態を晒《さら》した。

大奥の年寄は、表の老中若年寄《ろうじゅうわかどしより》に匹敵する権力者であるが、見逃されなかった。絵島は高遠藩内藤《たかとおないとう》家へお預け、絵島の兄で旗本の白井平右衛門《しらいへいえもん》は斬首《ざんしゅ》、弟の豊島常慶《としまつねよし》、生島、後藤縫殿助らは遠島《えんとう》を命じられた。

大奥年寄の絵島でさえ、流罪《るざい》となった。五代将軍綱吉の養女とはいえ、なんの後ろ盾もない竹姫がなにもなくすむはずはなかった。

「ええい。もどかしい」

行列の後を追いながら、聡四郎は歯がみをした。

駕籠のすぐ後ろにつき、昼餉で使う竹姫用の食器などを持って供をしている孝《こう》は、行列を見え隠れしながらつけてくる聡四郎に気づいていた。

「やはりな」

口の端《は》を孝がゆがめた。

孝は、伊賀の郷忍《さとしのび》であった。伊賀は本能寺《ほんのうじ》御変のおり、堺《さかい》から伊勢《いせ》へと脱出する徳川家康《いえやす》一行を警固《けいご》した縁で、多くが幕府に抱えられた。これが江戸の伊賀組同《いがぐみどう》心《しん》であり、そのとき徳川家の誘いに乗らず、伊賀に残った者たちが郷忍と称した。

伊賀組同心は家督《かとく》を継ぐ前、伊賀の郷へ行き数年の修行をする慣習があった。もとは江戸へ出た分家たちの技を鈍《にぶ》らせまいとした伊賀者の矜持《きょうじ》からであったが、代を重ねると縁も薄れ、今では金で修行を頼む関係であった。

その関係を江戸御広敷伊賀者組頭《くみがしら》藤川《ふじかわ》義右衛門《ぎえもん》は利用して、京へ出向いた聡四郎を郷忍の手で討ち果たさせようとした。

金をもらって襲い来た伊賀の郷忍を聡四郎と従者の大宮玄馬《おおみやげんば》が防いだ。多くの郷忍が二人によって倒された。それが伊賀の郷忍を怒らせた。

金で請け負《お》った刺客《しかく》を返り討《う》ちにした。襲われたほうにしてみれば当然でしかないが、伊賀の郷には仲間を殺されたらかならず復讐《ふくしゅう》を果たす掟《おきて》があった。

その報復の使者として、孝を始めとする伊賀の女忍が選ばれた。

男忍をこれ以上失うわけにはいかないという事情からであったが、女ならば聡四郎たちも油断するだろうとの思惑《おもわく》もそこには含まれていた。

「……殺す」

孝が暗い決意を口にした。


水城家の屋敷は、本郷御弓町《ほんごうおゆみちょう》にある。水戸《みと》藩の宏大な上屋敷《かみやしき》の裏手にあたり、小旗本の屋敷が建ち並ぶ一角だが、ところどころ町屋もあった。

「紅《あかね》さま。ご用意はよろしゅうございましょうや」

廊下に膝《ひざ》をついて大宮玄馬が襖《ふすま》の向こうへ声をかけた。

「はい」

襖が開いて水城紅が姿を見せた。

「深川八幡宮までだとかなり距離がございまする。駕籠を呼びましょう」

大宮玄馬が奨《すす》めた。

「駕籠は揺れるから苦手なのよ。大丈夫、歩くのは慣れているから」

紅が拒んだ。人入《ひとい》れ屋相模《さがみ》屋の娘として人足を仕切っていた紅である。深川から新宿《しんじゅく》まで歩き通したこともあった。

「わかりましてございまする」

すぐに大宮玄馬が応じた。

「失礼をいたしまする」

玄関で大宮玄馬が、紅の足下《あしもと》に屈《かが》み、鼻緒《はなお》の締め付けを確認した。

「……いいのに」

紅が一人でできると苦情を言った。

「従者の仕事でございまする。なにかありましたら、わたくしが殿に顔向けできませぬ」

御家人《ごけにん》の三男で、養子先を見つけられなければ実家で使用人として飼い殺しにされる運命であった大宮玄馬は、三十石という禄《ろく》で召し抱えてくれた聡四郎に忠誠を誓っている。

「まったく、聡四郎さんといい、玄馬さんといい、お武家は堅いから」

紅が不満げに口を尖《とが》らせた。

「よろしゅうございましょう」

鼻緒の具合を見ていた大宮玄馬が、うなずいて立ちあがった。

「お出かけでございまする」

門番が当主である聡四郎を見送るよりも小さいながら、声を張りあげた。

「あれも恥ずかしいから止《や》めて欲しいんだけどね」

大きく開かれた大門を潜《くぐ》りながら、紅がぼやいた。

「ご辛抱《しんぼう》くださいませ。これも旗本のならいでございますれば」

小声で大宮玄馬がなだめた。

「……面倒だねえ」

小さく紅が嘆息した。

江戸城出入りの人入れ屋相模屋伝兵衛《でんひょうえ》の一人娘であった紅は、勘定吟味役《かんじょうぎんみやく》になったばかりの聡四郎と両国橋《りょうごくばし》で出会い、たがいに惹《ひ》かれ合った。

そんなおり七代将軍家継が危篤《きとく》となり、八代将軍の座を巡っての争いが起こった。目立たないように闇のなかでおこなわれていた継承争いに、幕府の金の動きのすべてを知る勘定吟味役が巻きこまれないはずもなく、しっかり聡四郎は渦中に放りこまれた。

そのとき、聡四郎を味方に取りこもうとしたのが、当時紀州《きしゅう》藩主だった八代将軍吉宗であった。吉宗は聡四郎を自陣に引きこむため、なんと恋仲だった紅を養女に迎えた。

江戸城出入りとはいえ、町人でしかない相模屋伝兵衛の娘を旗本の嫁に迎えるのは困難であった。そこに吉宗は目をつけたのだ。

養女とはいえ、紀州藩主、御三家の当主の姫となれば、口うるさい親戚なども表だって反対するわけにはいかなくなる。

こうして聡四郎と紅は夫婦《めおと》となった。それは同時に、聡四郎を八代将軍吉宗の義理の息子にすることでもあった。

「吾《われ》が身内を遊ばせてやるほど、幕政に余裕はない。働け」

吉宗は、勘定吟味役を降り無役になっていた聡四郎を呼び出した。

「金の次は女だ。みごと大奥を制してみせよ」

こういって吉宗は聡四郎を御広敷用人に抜擢《ばってき》した。御広敷用人は表と奥をつなぐ御広敷を差配《さはい》し、大奥の諸事一切を担当する。乱れきった政《まつりごと》を糺《ただ》し、幕府を立て直そうとしている吉宗にとって、金遣いが荒く、特別扱いされている大奥が最大の鬼門《きもん》であった。

将軍となった吉宗は大奥の女中を半減させることで女たちに宣戦を布告した。その先兵として聡四郎は御広敷へ送りこまれた。

大奥と敵対してでも、経費を削減する。吉宗の決意は固かった。

そこに一人の女、いや、少女が登場した。

竹姫であった。将軍となって大奥へ入り、六代将軍家宣《いえのぶ》の正室天英院《せいしつてんえいいん》や、七代将軍の生母月光院らの挨拶《あいさつ》を受けた吉宗の目に、竹姫だけは別に映った。

京の公家《くげ》清閑寺熙定《せいかんじひろさだ》の娘竹姫は、子に恵まれない五代将軍綱吉の愛妾《あいしょう》大典侍《おおすけ》の局《つぼね》が寂しさを紛《まぎ》らわすために養女として大奥へ引き取られた。

わずか三歳で京から江戸へ運ばれた竹姫は、幸か不幸かその愛らしさで、綱吉も魅了した。ちょうどじつの娘で紀州徳川家へ嫁に出していた鶴姫《つるひめ》が亡くなったばかりというのもあってか、綱吉は竹姫を大典侍の局の子供ではなく、己《おのれ》の娘として迎え入れた。

こうして竹姫は綱吉の養女となった。

将軍の養女となれば、嫁入り先も相応の相手となる。最初竹姫は会津保科松平《あいづほしなまつだいら》家の嫡男《ちゃくなん》と婚姻を約したが、嫁入り前に嫡男が死亡したことで、話は消えた。続いて有栖川宮正仁《ありすがわのみやまさひと》親王と結納《ゆいのう》を交わしたが、やはり輿入《こしい》れ前に死別してしまった。二度目の婚姻が流れたときには、すでに将軍も綱吉から家宣、家継と代わっていた。綱吉の悪政の余波は、まだ幼い竹姫にも及び、誰もが新たな縁談を探そうとはせず、そのまま竹姫は忘れられた。

その竹姫に吉宗が一目惚《ひとめぼ》れしてしまった。

吉宗は正室をすでに失っている。竹姫を継室《けいしつ》として迎えたところで、問題はない。

だが、吉宗はすでに大奥へ喧嘩《けんか》を売っていた。

大奥の主《あるじ》は将軍ではなく、御台所《みだいどころ》であった。江戸城内にあり、幕府の金で運営されていながら、大奥のなかは別だった。そして今、大奥には二人の主人が居た。

一人は七代将軍を産んだ月光院であり、もう一人は家宣の正室天英院であった。

正確な話をすれば、二人とも大奥の主ではない。大奥の主は御台所だけだからだ。

だが、その御台所はいない。大奥を一つにできる御台所がいない状態で何年も過ごした結果、二つの勢力が拮抗《きっこう》してしまっていた。

吉宗は月光院に近い態度を取ることで、天英院の力を削《そ》いだ。

「紀州の田舎者風情《ふぜい》が」

天英院は烈火の如《ごと》く怒った。天英院にしたがう女中たちも敵に回っている。そんなところへ、綱吉の悪行の結果忘れられ、最低限の女中しかついていない竹姫を御台所として放りこむなどすれば、どうなるかは想像に難くなかった。面従腹背《めんじゆうふくはい》ていどならばまだいい。食事に毒を盛られるかもしれない。大奥は女だけの場所である。いかに吉宗でも、そこへ手の者を入れることはできなかった。自らが招いたこととはいえ、ほとんどなにもできない状態に吉宗は煩悶《はんもん》し、生まれて初めて惚れた女を守るためにできるだけのことをした。

無任所《むにんしょ》であった聡四郎を竹姫付きにしたのも、その一つであった。数少ない信用できる臣《しん》である聡四郎を大奥全体の監視から竹姫専属にした。さらに吉宗は竹姫を正室にしたがっているという噂を打ち消す手を打った。吉宗が竹姫に執心《しゆうしん》していると知られれば、天英院たちがなにをしでかすかわからない。

吉宗は竹姫の態度にわざと怒り、目通り禁止を言い渡したのだ。

目通り禁止は軽い罪である。主君の機嫌次第ですぐに取り消せる。だが、罪には違いなかった。

気にいっている者、とくに好きな女に罰を与える者はいない。吉宗が竹姫を御台所にしようとしているとの噂は払拭《ふつしよく》された。

その代わり、今まで吉宗の寵愛《ちようあい》を受けていると思われていた竹姫に気を遣っていた者たちの遠慮がなくなった。

竹姫をいじめだしたのだ。

「上様《うえさま》の御不興《ごふきよう》を買った女が、大奥に居続けるなど厚顔《こうがん》にもほどがある」

中臈《ちゆうろう》の多くが、竹姫の局に属している者たちに聞こえよがしに言った。

「無礼な。竹姫さまは養女とはいえ、将軍家の姫君であられるのに……」

「わたくしがふがいないために、皆に迷惑をかけまする」

憤るお付きの者たちを竹姫が抑える日々が続いた。だが、その状況さえ利用しようとする者が出た。

「お許しを乞うために、上様の武運長久を神仏にお願いされてはいかがか」

親切心を装っての助言は罠《わな》であった。竹姫の目通り禁止を吉宗の策と見破った天英院派が、手出ししにくい大奥から外へ竹姫を出し、排そうとした。

「ならば、源氏《げんじ》の守護神として、将軍家の崇敬《すうけい》も厚い深川八幡宮がよろしかろう」

深川八幡宮を指定してきたことからもわかる。門限に間に合わないところを推薦するわけにはいかなかった。そのようなまねをすれば、あとで責任が来かねなかった。だが、深川八幡宮は往復できない場所ではなかった。たしかに女駕籠ではかなり時間がかかるとはいえ、朝早めに出て、道中なにもなければ門限までに戻れるのだ。

それは何かあれば、間に合わないということでもある。そして間に合わなければ、竹姫は終わる。将軍の養女だけに、絵島のように流罪にはならないが、大奥を放逐されたうえで、京へ帰され、どこぞの尼寺《あまでら》へ幽閉《ゆうへい》される。そうなれば、吉宗といえども手のさしのべようはない。

ようは大奥と将軍吉宗の戦いの道具として竹姫は使われ、聡四郎と紅は巻きこまれたのであった。

「どうしようもないねえ」

かつてのように臑の一部が見えるほど、足を大きく動かさず、武家の若奥様として節度《せつど》ある歩きかたをしながらも急ぎ足で進みながら、紅が嘆息した。

「なにがでございましょう」

半歩後ろに付き従った大宮玄馬が問うた。

「大奥の女どもの馬鹿さ加減」

切り口上《こうじょう》で話すときの紅は怒っている。

「はあ」

大宮玄馬は曖昧《あいまい》な返答でごまかした。

「竹姫さまに嫌がらせをして、無事にすむと思っているのがね。馬鹿としか言えないでしょう」

「……」

一応主人である聡四郎の管轄《かんかつ》にある大奥の非難に同調するわけにもいかず、大宮玄馬は沈黙した。

「竹姫さまは、上様の想《おも》い人《びと》なのよ」

紅が声に力をこめた。

「もっともそれが、大きな弱みになっているんだけどねえ」

「弱みでございまするか」

大宮玄馬が首をかしげた。

「あたしが、聡四郎さん……じゃなかった、旦那さまと一緒になるのだって、いろいろ障害があったでしょう。上様だともっといろいろあって当然。庶民が惚れた腫《は》れたでくっつくのとはわけが違うから」

「たしかにさようでございますな」

説明する紅に、大宮玄馬が首肯《しゅこう》した。

「無理もございますまい。竹姫さまが男子をお産みになられたならば、そのお方が九代将軍となられまする」

「九代は長福丸《ちょうふくまる》さまでしょ」

紅が不思議そうな顔をした。

吉宗が江戸城へ入るに伴って、その嫡男長福丸も西の丸《にしのまる》へと移っていた。江戸城西の丸は、将軍の父あるいは世継ぎの生活する場所である。そこへ入ったということは、長福丸が九代将軍であるとの証《あかし》であった。

「今のところはでございまする」

大宮玄馬が首を振った。

「武家の跡継ぎは、正室の産んだ男子とするのが、慣例でございまする」

「はあ、それじゃ、いっそう面倒よね。男が女に惚れて、女がそれに応じた。どこにでもある話だというのに」

「はい」

ため息をつく紅に、大宮玄馬は同意した。

「だからこそ、邪魔する者も出てくる。そしてそれだけの理由もつけられる」

紅は表情を引き締めた。

「でもね、忘れてはいけない。上様は普通のお方ではない。大奥の圧力に負けて、十万両という金を遣って大改築をした六代家宣さまでも……」

五代将軍綱吉によって乱れた幕府を引き締めるのを使命として将軍となった家宣も、大奥だけは別扱いにした。当初、大奥の規模を縮小し、経費を削減すると公言《こうげん》していた家宣は将軍になって、江戸城に入るなり意見を変えた。

綱吉が死の床《とこ》ですがるように頼んだ生類憐《しょうるいあわ》れみの令《れい》の存続は、首肯したのを忘れたかのようにして廃止した家宣でさえ、大奥は矯《た》めてみせた。

「物心《ものごころ》ついたときから大奥に住み続けた家継さまでもない」

七代将軍家継は、竹橋御殿から父家宣にしたがって大奥へ入り、とうとう死ぬまでそこから動かなかった。いわば家継にとって大奥はすべてであった。当然、生母である月光院の言うまま、大奥の要望は幕府も認め続けてきた。

「好きな女にちょっかい出されて、黙っているお方ではない」

「……はい」

大宮玄馬も吉宗をなんどか間近に見ている。その覇気《はき》ある姿は、大宮玄馬に吉宗の本質が男であると教えていた。

「大奥は竹姫さまに与えた以上の傷を、吉宗さまから受けることになるわ」

紅の眉《まゆ》がひそめられた。

「そして……」

一度紅が言葉を切った。

「その矢面《やおもて》に立つのが、聡四郎さんになる」

「……」

大宮玄馬が息を呑んだ。

「それを防ぐためにも、なんとか竹姫さまを無事に大奥へお帰ししなければならないの」

「はい」

紅に大宮玄馬が大きくうなずいた。

急ぎ足で進む二人の後を、伊賀の郷女忍を束ねている袖《そで》がつけていた。

「孝から繋《つな》ぎがあったとおりになったな」

袖は表情のない顔でつぶやいた。

「ようやく兄の無念を晴らせる」

京で聡四郎と大宮玄馬を襲い、返り討ちにあったなかに袖の兄がいた。

「わたしが狙《ねら》うは大宮玄馬、おまえだけだ」

袖が殺気の籠《こ》もった目で大宮玄馬を見た。

しかし、聡四郎に迫る危機のことを紅と話していた大宮玄馬は、背後から放たれた殺気に気づかなかった。

二

将軍家の姫の参詣《さんけい》となれば、さすがに受け入れるほうにも準備は要《い》る。本殿《ほんでん》への案内をするまで休息してもらう場所の用意、清掃など、深川八幡宮の神職たちは多忙を極めた。

「閉め切りにはできぬ。せずともよい」

宮司《ぐうじ》が神職たちに指示していた。

将軍家の祈願寺である寛永寺《かんえいじ》は別であるが、それ以外の寺社については、将軍の参拝であろうとも、庶民たちの立ち入りを禁じなかった。これは、神仏への崇敬《すうけい》を邪魔するのは僭越《せんえつ》であるというのと、かつての痛い経験からであった。

痛い経験とは一向一揆《いっこういっき》であった。神君《しんくん》と讃《たた》えられる徳川家康が、生涯においてもっとも厳しい時期であったと述懐《じゅっかい》した三河《みかわ》一向一揆は、鉄の結束を誇る三河武士さえも分断した。

忠誠心では、どこの武士にも負けない三河武士だったが、信仰心には勝てなかった。家康が守護《しゅご》不介入の一向宗寺院に年貢《ねんぐ》を求めたことに端《たん》を発した一向一揆は、家康の家臣からも離脱者が続出する事態となった。のち、徳川の軍師として家康に天下取りをなさしめた本多正信《ほんだまさのぶ》まで、一揆側に走ったのだ。つい昨日まで仕えてくれた家臣に刃《やいば》を向けられた家康は折れ、一揆は終息《しゅうそく》したが、そのときの苦労は筆《ひっ》舌《ぜっ》に尽くしがたいものであった。それを経験として、家康は以来信仰に寛容であった。唯一の例外としてキリシタンがあるが、以外は将軍と同時に参拝しても咎《とが》めないとしていた。

「ただし、本殿への立ち入りは禁じる」

庶民の参拝は、本殿前で二礼二拍手一礼まで、それ以上は竹姫がいる間は許可しないと宮司は述べた。

「無事に竹姫さまが境内《けいだい》を出られるまで、油断するな」

「はっ」

神職と巫女《みこ》が首肯した。

そこへ紅と大宮玄馬は到着した。

「ごめんくださいませ。わたくし旗本水城聡四郎が妻紅と申しまする。本日、竹姫さまのご参詣のお供をさせていただきまする」

武家の妻女らしい口調で紅が宮司に声を掛けた。

「伺っておりまする。まだ、竹姫さまはお見えではございません。どうぞ、社務所でお待ちになられれば」

宮司が案内しようと歩き始めた。

「ありがとうございまする。ですが、外でお待ちいたしたく存じまする」

紅は宮司の好意を断った。

「さようでございまするか。では、境内でも散策なされませ」

「そうさせていただきまする」

気を悪くした風もなく言う宮司に、紅は一礼した。

「さて、玄馬さん、お願い」

紅は玄馬に任せた。

「はあ」

玄馬が間の抜けた顔をした。

「……そこまで主従が似る意味はないと思うわよ」

大きく紅が嘆息した。

「まさか、今回の参詣が無事に終わると考えてなどいないわよね」

素《す》に戻った紅が大宮玄馬を見た。

「それは当然ながら」

大宮玄馬が否定した。

「だったら、下見は必須でしょう」

「後ほど一人で回るつもりでございました」

言われて大宮玄馬が述べた。

「あたしも巻きこまれているの。だから、ちゃんと地の利を知っておきたいのよ」

紅が告げた。

「奥さまに危険が及ぶようなことはございませぬ」

大宮玄馬が否定した。

「なにがあるかわからないのが、世の常なの。わかったら、さっさと案内《あない》なさい」

「はい」

いい加減つきあいの長い相手である。なにせ一度言い出したら夫である聡四郎の指示さえ聞かなくなる。大宮玄馬はそれ以上紅に逆らうのを止めた。

「まずは、本殿周囲を確認いたしましょう」

大宮玄馬が先に立った。

深川八幡宮の正式な名前は富岡《とみがおか》八幡宮という。寛永《かんえい》四（一六二七）年に当時江戸湾に浮かぶ小島であった永代島《えいたいじま》に勧進《かんじん》され、その周囲を埋め立てて神領とした。源氏の氏神《うじがみ》として武家の崇敬が厚いだけでなく、深川の守り神として庶民の信仰も集めていた。また江戸相撲《ずもう》の興行場所としても名高く、境内には絶えず人の姿があった。

「この階段が役に立ってくれそうでございますな」

埋め立て地に建てられた神社だけに、万一の浸水に備えて本殿部分は盛り土の上に設けられている。参道から本殿には小さな石段があった。

「本殿への侵入は考えずともよろしいでしょう」

「なぜ」

本殿のなかを見ようとしない大宮玄馬へ、紅が問うた。

「ここは幕府の庇護《ひご》を受けている場所でございまする。そこで将軍家養女を襲う。どれほどの後ろ盾があっても、放置されることはございませぬ。竹姫さまだけですませないと、八幡宮のご本殿に傷一つでもつけるか、血で汚すようなまねをしたら……」

「上様が動ける」

大宮玄馬の言いたいことを紅は理解した。

「はい」

はっきりと大宮玄馬はうなずいた。

「好きな女のためには何もできないのに、神さまだとすぐに手出しできる。なんか気に入らないわね」

紅が頬を膨らませた。

「ここでお待ちを」

本殿の角で大宮玄馬は紅を抑えた。

「裏を見て参りまするゆえ」

「どうして一緒にいってはいけないの」

「本殿裏は神林でございまする。ご神木とそれを守護する木が林立《りんりつ》しておりまする。そこに弓が伏せられていては、一人ならばどうにかできまするが、奥さまをお守りしつつ、対処するのは厳しゅうございますれば」

紅の問いに、大宮玄馬が答えた。

「……弓」

庶民はまず見ることのないものだ。田舎で猟師のいる村ならばまだしも、江戸で弓を見るなどまずなかった。紅が不思議そうな表情をしたのも当然であった。

「守る側は不利なのでございますよ。なにせ、襲う場所、とき、方法を相手に握られているわけでございますから。まあ、弓ならばまだどうにかできまする。毒よりは対処できますから。食べものに毒を盛られれば、わたくしたちではなにもできませぬ」

大宮玄馬が険しい顔で言った。

「毒味がいるから、そちらは大丈夫だろうけど」

自信なげな声で紅が口にした。

「……では、しばしご注意を。背中を本殿の壁に預けて、目は一箇所を見つめないように」

指示を残して大宮玄馬が離れていった。

「護衛が外れた……あの女を殺すか」

参拝を装った袖が、両手を合わせながらちらちらと紅を見た。紅が聡四郎の妻だと袖は調べている。

「妻を殺されれば、あやつも身内を失う辛《つら》さを知るだろう」

兄を返り討ちにされた紬が暗い声を出した。

「……」

だが、参拝の動作を終えた紬は、あっさりと本殿を外れた。

「我らの本命は、女に非《あら》ず。今、女を殺せば、行列が止まる」

形だけとはいえ、紅は吉宗の養女である。その養女が殺されたところへ、竹姫を行かせるはずはなかった。ただちに行列へ報《しら》せが届き、城へ引き返す。そうなれば、聡四郎と大宮玄馬の警戒は強くなり、益々目的を果たすのは困難となる。

紬は社務所へと向かい、おみくじを手にした。

「おはようございまする。これを」

おみくじの代を寄進した紬は、少し離れたところで開いた。

「……末吉。最後はよいということか」

紬はおみくじを結ばずに、ていねいに折りたたみ懐《ふところ》へしまった。

「それにしても遅い。もうすぐ昼だというに」

大鳥居《おおとりい》の方へ紬が目をやった。

竹姫の一行が八幡宮についたのは、正午を少し回ったころであった。

「………」

本殿の階段下まで運ばれた駕籠から、竹姫が出た。乗り慣れていないと駕籠は疲れる。どれほど慎重にしたところで、駕籠は揺れるのだ。その揺れに逆らわないよう、腰を上げていなければならないが、ずっと江戸城で過ごしてきた竹姫である。かつて京から江戸まで駕籠で来たとはいえ、ものごころつくかつかないかのころなのだ。とうに忘れている。竹姫はすっかり駕籠に酔っていた。

「姫さま」

よろめいた竹姫を、あわてて鈴音《すずね》が支えた。

「ありがとう」

弱々しく竹姫がほほえんだ。

「ようこそお出《い》で下さいました」

出迎えで立っていた宮司が、竹姫の落ち着くのを見て声を掛けた。

「本日は世話になります」

鷹揚《おうよう》に竹姫が応じた。

「まずは、お茶を」

「いえ、ときがあまりございませぬゆえ、すぐにお参りを」

行列の差配でもある中臈の鹿野《かの》が、社務所へ案内しようとした宮司を制した。

「お疲れでございましょうに」

邪魔された宮司が、ほんの少し眉をひそめた。

「お参りのあとで、昼餉を用意させております。そこで十分お休みいただけましょう」

鹿野が首を振った。

「……わかりましてございまする」

そこまで言われれば、宮司もしかたがなかった。

「どうぞ、本殿へ。ご案内をいたせ。わたくしは失礼して着替えて参りまする」

宮司が巫女《みこ》へ命じ、急いで社務所へ帰った。

「こちらへ」

二人の巫女が竹姫を促した。

「紅さまは」

竹姫が問うた。

「これにおりまする」

本殿下の階段脇で控えていた紅が声を出した。

「ああ、来て下さったのですね」

紅を認めた竹姫がうれしそうに顔を輝かせた。

「こちらへ、紅さま」

竹姫が手招きをした。

「よろしゅうございますか」

紅が鹿野に許可を求めた。

「お願いいたしまする」

鹿野が一礼した。

「では、ごめんを」

囲んでいる警固の者たちが開けてくれた隙間《すきま》を通った紅は、竹姫のすぐ後ろについた。

「姉さま」

小さな声で竹姫が甘えた。

「はい」

紅が強くうなずいた。

聡四郎の家臣でしかない大宮玄馬は、紅に随伴《ずいはん》して本殿へあがれない。大宮玄馬は、行列から少し離れたところで、本殿を背にして警戒した。

「来てくれているな」

大宮玄馬の姿を大鳥居の陰から確認した聡四郎は満足げに首肯した。

「参拝は四半刻《しはんとき》（約三十分）もかかるまい」

正式な祝詞《のりと》をあげたところで、参拝にはそれほどときはかからなかった。

「危ないのは昼餉の後だな」

聡四郎は周囲に目をやった。

人は満腹になると眠気を催す。これは摂理《せつり》であった。また、空腹から満腹へと充足することで、心も緩《ゆる》む。

戦でも食事直後の敵陣を襲うのは常道であった。

食べたものが胃にあり、その重みで動きが鈍くなる。刺客にとってはなによりの機であった。

「伊賀者に動きはないか」

聡四郎は供としてついて来た御広敷伊賀者をもっとも警戒していた。

「さすがに伊賀者が竹姫さまへ斬《き》りかかるとは思えぬが」

警固が刺客になる。これほど確実な手段はない。だが、それは伊賀者の破滅をまねく。それを知った吉宗が、伊賀者を殲滅《せんめつ》するのは当然の結果なのだ。伊賀者がいかに体術《たいじゅつ》にすぐれていようとも、鉄炮《てっぽう》を擁《よう》した数千の軍勢を相手にはできない。

「そこまで藤川は馬鹿ではない。となれば刺客は……」

聡四郎は境内を観察した。将軍家養女の参詣行列がいるせいか数も少なく、ちらほらと人影があるていどであった。

「女が多いな」

感想を聡四郎は漏らした。

神社仏閣への参拝は、女子供の数少ない楽しみの一つであった。芝居見物に比べると地味だが、なんといっても金がかからない。神社仏閣に女がいるのは当たり前であった。

「違和を感じるのは……あれか」

聡四郎は境内のあちこちに一人で立っている浪人者を気にした。

橋をこえただけで、深川は江戸町奉行の範疇《はんちゅう》を外れた。それだけに治安も甘かった。遊廓《ゆうかく》や博打場《ばくちば》などもあり、職にあぶれた浪人者たちを用心棒として使っている店もかなりある。深川で浪人を見るのは、当たり前であった。

「固まってはいない。全部で五人か」

数を聡四郎は読んだ。

浪人たちのことに大宮玄馬も気づいていた。

「……」

油断なく大宮玄馬も目を離さないでいた。

「こちらへ」

ふたたび巫女の先導で、参拝を終えた竹姫と紅が本殿から階段を下りてきた。

「あちらの社務所で昼餉の用意をいたしております」

鈴音が階段下で竹姫を待っていた。

当初、門前の茶屋を借り切ろうと考えたが、それでは警固に穴ができかねないとして、社務所へ仕出しをさせる形に変更されていた。

「紅さまも」

「ご相伴《しょうばん》させていただきまする」

竹姫に見あげられて、紅が首肯した。

「では、我らは」

二人が社務所に入るのを見届けた御広敷伊賀者が鹿野へ一礼した。

「竹姫さま、ご出立《しゅったつ》までには戻るように」

「承知いたしておりまする」

「……………」

念を押す鹿野に二人の御広敷伊賀者はうなずき、離れていった。

これも慣例であった。大奥女中代参《だいさん》の警固についている御広敷伊賀者は、その女中が食事あるいは芝居見物などをしている間、離れることが許されていた。これは、もともと御広敷伊賀者に代参途中での遊びを報告されないよう、その間行列から離れさせたことに端を発し、今では多少の小遣い銭を与え、見て見ぬ振りをさせるところまで来ていた。

今回の竹姫は遊びではないため、小遣いを渡しはしないが、伊賀者二人が食事の間いなくなるのは認めざるを得なかった。

「ふざけたまねを」

御広敷用人として、伊賀者の悪癖を知っていた聡四郎であるが、今回の状況でいなくなる伊賀者は腹立たしかった。

しかし、表向きは行列に同行していないことになっている聡四郎は御広敷伊賀者を咎められなかった。

行きにかかっただけの時間が帰りにも要る。少し予定より遅れている一行は、昼餉の休憩を切りあげた。

「竹姫さま」

楽しそうに紅と会話している竹姫へ、鹿野が声を掛けた。

「もう」

竹姫が寂しそうな顔をした。

「申しわけございませぬが、戻らねばなりませぬ」

鹿野が頭を下げた。

「わかりました。紅さま」

うなずいた竹姫が、紅へ顔を向けた。

「お城の門までお供いたしまする」

竹姫の求めを理解した紅がほほえんだ。

「では、わたくしの駕籠を」

吉宗の養女を歩かせるわけにはいかないと、鹿野が駕籠を譲ると言った。

「お気遣いなく。深川から大手門前なんて、一日に何度も往復した経験がありまする」

紅が断った。

「しかし……」

「ときが惜《お》しゅうございましょう」

問答は無駄な手間を喰うだけと、紅が鹿野を抑えた。

「畏《おそ》れ入りまする」

鹿野が礼を言った。

「お待ちを。人影が」

竹姫の前に出た鈴音が、社務所の出口からあたりを窺《うかが》った。

「本日はよくぞお参り下さいました」

社務所の前で、宮司が見送ろうと立っていた。

「なにかとお気遣いかたじけのうございました」

答礼して、竹姫が駕籠へ乗りこんだ。

「伊賀者はまた遅れておるのか」

鹿野が苦い顔をしながら、己の駕籠へ納まった。

当初女中の楽しみの間離れているだけだった伊賀者同心だったが、年とともに堕《だ》落《らく》し、ここ近年は江戸城の門を潜るまでに戻ってくればいいとなっていた。

「出立《しゅったつ》」

鈴音の合図で行列が動き出した。

女駕籠の足の遅さは行きと同じである。ゆっくりと行列は社務所から離れ、大鳥居へと進んだ。

「やれっ」

行列が社務所から十間《けん》（約十八メートル）ほど離れたところで、本殿前の階段下に立っていた浪人が大声をあげた。

「おう」

「やるぞ」

社務所を囲むように立っていた浪人たちが、太刀《たち》を手に走り寄った。

「狼藉者《ろうぜきもの》ぞ」

気づいた鈴音が注意を喚起《かんき》した。

「あれえ」

「助けて」

言われたお末《すえ》たちが悲鳴をあげた。

「ひゃああ」

同じように戸惑った振りをしながら、大奥竹姫付きお末として潜りこんでいた伊賀の郷女忍孝が、さりげなく駕籠脇へと移動した。

三

「やはりか」

大宮玄馬は駕籠へと駆けつけた。走りながら脇差《わきざし》を抜いた。

「御広敷用人水城聡四郎が家人、大宮玄馬でございまする。姫さまの駕籠を早く」

社務所へ戻らせるわけにはいかなかった。社務所へ戻るには一度大きく駕籠を回すか、駕籠を下ろして陸尺たちを反対に向けるかしなければならない。どちらも大きく手間を取り、浪人者たちが行列へ喰いつく隙を与える。

「裾を気にするな。馬鹿者どもが、走れ」

紅が女陸尺を叱りつけた。

「しかし……」

「命と恥どちらが大事だと。竹姫さまに万一のことがあれば、行列の皆は死ななければならないのよ。いえ、それだけじゃない。実家も咎めを受ける。わかっているの」

まだ渋る女陸尺に紅は冷たく言った。

「実家まで」

「死を」

さっと女陸尺たちの顔色が変わり、一気に足を大きく踏み出し始めた。

「させるかよ」

行列の前方にいた浪人が笑った。

「女を殺して金になる。こんな楽な話があるか」

太刀を振りかぶった浪人者の背中を、大鳥居から飛び出した聡四郎が割った。

「ぎゃっ」

斬られた浪人者が、苦鳴をあげながら振り返った。

「ひ、卑怯《ひきょう》……」

「無手の女を襲いながら、言えた義理か」

聡四郎は怒っていた。

「……聡四郎さん」

紅が駆けながら呼んだ。

「竹姫さまの側《そば》を離れるな」

「はい」

聡四郎の指示に紅が首肯した。

「遣えるな」

聡四郎は脇差を鞘《さや》ごと紅に向かって投げた。

「はい」

両手で抱えこむようにして受け取った紅が、重さを確かめるかのように鞘ごと脇差を振った。

「足止めしろ。その隙に駕籠を突け」

指示を出していた浪人が大宮玄馬と聡四郎へ一人ずつを送り出し、残った一人に竹姫の殺害を命じた。

「おうよ」

「任せられよ」

二人の体軀《たいく》の立派な浪人が、太刀を片手に聡四郎と大宮玄馬に向かって来た。

「玄馬、あいつを任せる」

迎撃しながら、聡四郎は大宮玄馬へ首領《しゅりょう》らしき浪人の対応を任せた。

「承知」

近づいてきた浪人を一刀で斬り伏せた大宮玄馬が、指示を出していた浪人へと矛《ほこ》先《さき》を変えた。

「できる」

大宮玄馬の腕に、指示を出していた浪人が目を見開いた。

「くたばれ」

罵《のの》りを気合いとして、聡四郎に浪人者が太刀を振り落とした。互いに走り寄りながらの戦いは間合いをはかりにくい。浪人者は急激に大きくなっていく聡四郎の姿に間合いを読み違えた。

「……」

五寸（約十五センチメートル）届かず、浪人者の切っ先が流れていくのを、聡四郎は冷静に見つめていた。

「くそっ」

外れたと知った浪人者が、急いで流れた太刀を引き戻そうとした。

「遅い」

冷たく言いながら聡四郎は太刀を突き出した。水平に横たえた太刀が、すんなり浪人者の肋骨《ろっこつ》の隙間へと沈んだ。

「……かっ」

心《しん》の臓《ぞう》を貫《つらぬ》かれた浪人者が、目を剝《む》いて即死した。

「もらった」

その間に駕籠脇へと取り付いた別の浪人者が太刀を後ろに引いた。

「させるわけないでしょうが」

駕籠脇にいた紅が鞘のまま脇差で殴りかかった。刃物は慣れないとかえって使いにくい。刃筋を合わさないと切れないからだ。さらにむき出しになった刃で己を傷つけることもある。剣は扱いつけないかぎり、鞘のなかに納めたままで鉄の棒として使うのが得策であった。

「こいつ。女だてらに」

浪人者があわてて退いた。

刺客を金で引き受けるような者に、吾が身を捨ててことをなすだけの覚悟などなかった。

刺客をするほど堕《お》ち、武士の矜持《きょうじ》など失ったのだ。生きていることへの執着は強い。なにより生きて仕事を完遂《かんすい》させないと金がもらえない。浪人者が吾が身をかばったのは当たり前の反応であった。

「馬鹿が。よく見ろ。鞘ごとではないか。叩かれたところで打ち身ができるか、悪くても骨が折れるくらいであろうに」

指示していた浪人者がそれを見て、罵声《ばせい》を上げた。

「まったく同感だな」

同意しながら聡四郎は、太刀を振るった。

「うわっ」

かろうじて、駕籠を襲おうとしていた浪人者が避けた。

「だが、おかげで間に合った」

聡四郎は太刀を青眼《せいがん》にして、浪人者と対峙《たいじ》した。

「紅さま」

「いけませぬ。駕籠の扉を開けては」

心配げな竹姫の声に、紅が返した。

「大丈夫となれば、わたくしがお声をかけますゆえ、じっとなさっていてくださいませ」

緊迫した口調を和《やわ》らげて紅が述べた。

「なにをしている。姫さまの御駕籠をお守りせぬか」

呆然《ぼうぜん》と止まっている女陸尺を紅が咎めた。

「は、はい」

あわてて女陸尺たちが駕籠を下ろし、駕籠の周囲に壁を作った。

「だから言ったであろうが」

指示していた浪人が吐き捨てた。

「ええい、失敗だ。山沖《やまおき》、逃げるぞ」

踏み切れなかった浪人者へ言い捨てて、指示していた浪人が背を向けようとした。

「させると思うか」

迫っていた大宮玄馬が斬りつけた。

「ちっ」

身をひねってかわした浪人者が舌打ちをした。

「面倒な」

浪人者が太刀を構えながら頬をゆがめた。

「隙がない」

聡四郎と対峙していた山沖の顔色《がんしょく》がなくなった。

情けない声を山沖が出した。

「寺島《てらしま》、助けてくれ」

「……」

求めを寺島が無視した。

当然であった。一放流《いっぽうりゅう》の師範入江無手斎《いりえむてさい》から、小太刀《こだち》で一流を立ててもよいとまで言われた大宮玄馬と向かい合っているのだ。うかつに喋《しゃべ》れば、呼吸を乱す。息の乱れは、大きな隙となる。

「おい、おい」

返答がないことに山沖が焦《あせ》った。

「えいっ」

ちらと寺島へ目をやった山沖を聡四郎は見逃さなかった。すばやく左肩へ担ぐようにした太刀を振り落とした。

聡四郎の学んだ一放流は、足腰胴のすべてをたわめ、集めた力を太刀にのせて必殺の一撃を放つ。

「わっっ……ぎゃあ」

防ごうとした太刀を叩き折られた山沖が、右肩から左胸へと割られて絶叫した。

「ひっ」

「うげええ」

女中たちがむごたらしい死に様に吐いた。

「聞いてないぞ。護衛がついているなど」

凄惨《せいさん》な山沖の死を見て、寺島が震えた。

「助けてくれ。金はもう要らない」

寺島が大宮玄馬へ話しかけた。

「誰に頼まれた」

大宮玄馬が油断なく脇差を突きつけながら問うた。

「富造《とみぞう》から依頼された」

「誰だ、そいつは」

「このあたりを仕切っている地廻りの親方だ」

問われた寺島が答えた。

「どう命じられた」

「今日、八幡宮に来る女駕籠を襲えと」

「乗っているお方については」

「なにも知らない」

寺島が強く首を振った。

「おまえが狙ったのは、将軍家の姫だ」

「げえええええ」

大宮玄馬に聞かされた寺島が驚愕《きょうがく》した。

「え、江戸を売る。二度と近づかない」

寺島が大きく身体《からだ》を震わせた。

「いかがいたしましょう」

処分するかどうか、大宮玄馬が訊《き》いた。

「両刀を捨てろ。ならば逃げていい」

無頼《ぶらい》の浪人者を信用するわけにはいかなかった。江戸を売るにしても金は要る。刀を持っている無頼が、どうやって金策するかなど考える間もなかった。

「刀をか……わかった」

一瞬ためらった寺島が、太刀を鞘に戻し、脇差とともに投げ捨てた。

「行ってよい。ただし、その顔覚えた。もし、見かけたらそのときは問答せぬぞ」

「しょ、承知している」

何度も首を縦に振って、寺島が逃げていった。

「よろしゅうございましたので」

脇差を拭《ぬぐ》いながら近づいてきた大宮玄馬が問うた。

「金で雇われたような輩《やから》は、気を折るだけでどうにでもなる」

やはり太刀を拭いながら聡四郎は答えた。

「紅、御駕籠を動かしてくれ。竹姫さまにお見せするわけにはいかぬ」

「……はい」

蒼白《そうはく》になりながらも、紅は気丈《きじょう》に振《ふ》る舞《ま》った。

「御駕籠を担ぎなさい。急ぎ、大奥へ姫さまをお帰しせねばなりませぬ。他の者たちも、お供を」

紅が女陸尺たちに命じた。

「は、はい」

気を呑まれた女中たちは素直に従った。

「竹姫さま」

宮司が近寄ってきた。

「ならぬ」

厳しく聡四郎が止めた。

「竹姫さまにはおかかわりのないことである。よいな」

「なれど……」

神域を血で汚されたのだ。宮司が納得いかないのも当然であった。

「境内で竹姫さまが襲われたとなれば、上様が黙っておられませぬぞ」

「………」

宮司が黙った。

大奥にさえ大鉈《おおなた》を振るった吉宗である。次は寛永寺や増上寺など、幕府が金を出している神社仏閣への支援を減らしにかかるのではないかと噂されている。

「これはお清めの代金でござる」

聡四郎が小判を四枚差し出した。死体一つに一両の計算であった。

「……いたしかたございませぬな」

苦い顔で宮司が受け取った。

「御広敷用人の水城聡四郎である。なにかあれば、拙者まで願おう」

「承りましてございまする」

名乗りを聞いて宮司が退いた。

「あなた」

紅が脇差を返してきた。

「ひびが入ってしまいました」

「よくやってくれた。さすがは紅だ」

申しわけなさそうな紅を、聡四郎は褒《ほ》めた。

「……このていどならば、不意に割れることはなかろう。もう少し持っていてくれ」

聡四郎は脇差を紅の手に戻した。

「まだ……」

駕籠のなかに聞こえないよう、小声で紅が問いかけた。

「うむ。あのていどの輩しか出してこないというのは、みようだ。聞いていないと言ったであろう。あれもおかしい。襲撃を確実にするなら、少なくとも吾の話は伝えられていなければならぬ」

声を潜めて、聡四郎は告げた。

「……」

無言で紅が脇差を抱きしめた。

「前には出てくれるな。ただ、駕籠脇を頼む」

「はい」

紅が強《こわ》ばった顔で首肯した。

「玄馬」

「これに」

行列の後ろを守っていた大宮玄馬が駆け寄ってきた。

「次がある」

「まちがいございますまい」

聡四郎の言葉に大宮玄馬も同意した。

「だが、変だ。どう見ても最初の浪人は無駄だった。遣い手と言えるほどの者はいなかったし、数も少ない」

「仰せのとおり」

二人は顔を見合わせた。

「一度襲撃を終わらせて、油断を誘うにしても、お粗末過ぎまする」

大宮玄馬がおかしいと告げた。

「伊賀者が絡んでいる。それは明らかだ」

この場に御広敷伊賀者がいないことで聡四郎は確信していた。あれだけの騒動があったのだ。伊賀者が気づかないはずはなかった。それでも駆けつけてこないのは、今行列に復帰すると、聡四郎たちを手伝わざるを得なくなるからだ。

「深川のうちで来るのはまちがいない。橋をこえれば、町奉行所の管轄になる。町奉行所の目は甘くないからな」

「はい」

大宮玄馬がうなずいた。

「後ろを任せる。次は遠慮せず、すべて葬れ」

「承知」

表情をいっそう引き締めて、大宮玄馬が離れていった。

四

「水城」

駕籠のなかから竹姫が呼んだ。

「これに」

聡四郎は駕籠脇についた。

「来てくれていたのか」

「お後を慕《した》わせていただいておりました」

喜ぶ竹姫へ、聡四郎は応えた。

「うれしく思う」

「畏れ入りまする。どうぞ、姫さまには御駕籠のなかでご辛抱《しんぼう》賜《たまわ》りますよう。わたくしの命に代えても、ご無事にお戻しいたしまする」

「いけませぬ」

竹姫が聡四郎を叱った。

「紅さまを残して逝《ゆ》かれるなど、とんでもない。命は皆一つきり。誰もが生きていられるように、手を考えなさい」

「……はっ」

聡四郎は一拍の後、語調を強くした。

「頼むぞ」

「お任せをいただきますよう」

応じて聡四郎は、駕籠脇を離れた。

「怖ろしいお方である」

「でしょう」

吾がことのように紅が胸を張った。

「あの上様に惚れられるだけのことはあるわ。竹姫さまに敷かれるわよ、上様は」

「口が過ぎるぞ」

伝法《でんぽう》な調子に戻った紅を聡四郎は注意した。

「ごめんなさ……」

「来たぞ」

謝りかけた紅を置いて、聡四郎は前へ出た。

「駕籠を下ろし、周囲を固めろ」

命じて振り返った聡四郎は、大宮玄馬が脇差を手にするのを見た。

「挟《はさ》み撃ちのつもりか」

小さく笑いながら聡四郎は太刀を抜いた。

「おうりゃああ」

襲い来たのは無頼たちであった。

「大盤《おおばん》振る舞いだな。こちらに五人とは贅沢《ぜいたく》な。金もかなりかかったろう」

目算して聡四郎は苦笑した。

「御駕籠には近づけさせぬ」

聡四郎は一気に間合いを詰めた。

「死ねえ」

長脇差《ながどす》を振り回して無頼が迫って来た。

「ふん」

法《ほう》も理《り》もない一撃など、聡四郎にとっては赤子《あかご》の戯《たわむ》れにひとしい。あっさりと見切って、そのまま太刀を小さく振った。

「痛い……」

首筋を断たれた無頼が間抜けな顔で倒れた。

「このやろう」

無頼たちが続けて襲いかかってきた。

「………」

息も合っていない攻撃を聡四郎は難なくかわした。

「こっちのほうが数は多い。取り囲んでしまえ。こいつをやってしまえば、残るは女だけだ。駕籠の女は駄目だが、他の女は好きにしていい」

中年の腹の出た男が煽《あお》った。

「さすがは富造親分だ。楽しんだあとで売り飛ばせば、ちいといい目が見られるぞ」

「おうよ、あの駕籠脇の背の高いのは、俺がもらう」

紅を見ながら無頼が下卑《げび》た笑いをした。

「あいにくだな。あの女は、拙者のものだ」

聡四郎が大きく踏みこんで片手で太刀を突き出した。

「はくっ」

喉《のど》を貫《つらぬ》かれた無頼が白目を剝いた。

「これだけ離れていたのに」

あっさりと三間（約五・四メートル）の間合いを消された無頼たちが顔色《かおいろ》を変えた。

「どうした、金と女だぞ」

怯《おび》えた配下たちを、富造がけしかけた。

「そうだ。金と女」

腰の引けていた無頼たちの目に力が戻った。

「その侍をやった者には、別に三両やる」

さらに富造が条件をよくした。

「合わせて五両。それに女。たまらねええ」

若い無頼が興奮して、長脇差を振りあげた。

「これでもくらえ」

「俺もやるぞ」

もう一人の背の低い無頼も突っこんできた。

「こいっ」

今度は聡四郎は腰を据えて待った。

聡四郎をこえないかぎり、行列には取り付けない。女たちを前にお預けをくらっているようなものである。

「邪魔するんじゃねえ」

「くたばりやがれえ」

頭に血がのぼった無頼たちが斬りかかってきたのを、冷静に聡四郎はさばいた。

「えっ」

「ぎゃっ」

二人の胴を聡四郎は一気に薙《な》いだ。

「うえええ」

こぼれそうになる腸を手で押さえながら、無頼たちが膝をついた。

「菊一《きくいち》、大丈夫か」

鮮やかな聡四郎の剣に富造が不安な表情を浮かべた。

「大丈夫でさ」

菊一と呼ばれた背の高い無頼が口の端をゆがめた。

「侍一人くらい、どってことはございやせん」

手に火消《ひけ》し人足が使う鳶口《とびくち》を持った男が引き受けた。

「火消し崩《くず》れか」

聡四郎は慎重になった。

火事場で延焼を防ぐため、火元近くの家屋などを破壊するために使われる鳶口は厄介《やっかい》な相手であった。

なにせ、使う場所が場所である。なにより頑丈《がんじょう》でなければならなかった。大黒柱や梁《はり》に当たったくらいで壊れては困る。そのため、木の柄《え》には鉄環《てつわ》がはめられ、刃の部分も短く厚みをもたせてあった。

撃ち合えば確実に刀が負けた。

「おらおら」

片手で鳶口を振り回しながら、菊一が聡四郎へ近づいてきた。

「どうにもできないだろう。鳶口が当たれば、人の骨なんぞ、木屑《きくず》みたいに弾《はじ》け飛ぶ」

笑いながら菊一が跳びかかった。

「……」

聡四郎は思いきって前に出た。

「えっ」

下がるはずの聡四郎が踏みこんで来たのに、菊一が焦った。

なんでもちょうどいい打点というのがある。手で殴るにしても、ちょうど肘《ひじ》が伸びきる寸前に相手に当たれば、もっとも破壊力が出る。逆に言えば、肘が伸びきる前に当たっても、さしたる威力は与えられないのだ。

鳶口の先端にある刃先を聡四郎へ刺すつもりで振るっていた菊一の一撃は、聡四郎の左肩を柄で打つに留《とど》まった。それも力の入りきらない段階である。聡四郎の被害は打撲ていどですんだ。

「痛いものだ。他人に殴られるというのはな。その痛み、きさまは何人に与えた」

「ひっっ」

聡四郎の殺気をまともに浴びた菊一が息を呑んだ。

「わああ」

恐慌状態に陥った菊一が、ふたたび鳶口を振りあげようとした。

「させるか」

太刀がうなり、菊一の首が落ちた。

「ひえ」

残った富造が腰を抜かした。

「おまえにも痛みを教えねばなるまい。しばらく大人《おとな》しくしていろ」

聡四郎は富造の左肩を峰で叩いた。

「ぎゃっ」

鎖骨《さこつ》と肩の骨を折られた富造が痛みで気を失った。

大宮玄馬は四人の無頼と対峙していた。

「来いっ」

気迫をこめて大宮玄馬が叫んだ。

「死にくされ」

「やああ」

二人が長脇差をぶつけてきた。

「……」

大宮玄馬は小柄である。それが災いして、一撃にすべてをこめる一放流では大成できなかった。体重が軽すぎ、上から押さえこめないからだ。しかし、その代わりに、剣士が何よりも望む太刀行きの速さを身につけていた。

すっと身を沈めた大宮玄馬が、かかってきた二人の間をすり抜けた。

「ぐえっ」

「ぎゃああ」

膝から下を断たれた無頼が絶叫した。

「こいつ」

あわてて残っていた一人が匕首《あいくち》をぶつけるように斬りつけてきた。

「おう」

脇差で大宮玄馬は匕首をあしらった。

刃渡りの短い脇差は取り回しがききやすいうえ、軽い。はねあげた脇差を五寸（約十五センチメートル）ほどで落とす。

「痛てええ」

匕首を打ちあげた大宮玄馬の脇差に手首から先を持っていかれて無頼が叫んだ。

「……」

最後の一人が動いた。音もなく、大宮玄馬へと迫った。遠慮なく背後から、大宮玄馬へと斬りかかった。

「待っていたぞ」

大宮玄馬は油断していなかった。身体を半回転して、打ち下ろされた長脇差を外し、その勢いのまま脇差を薙いだ。

「……ちっ」

薙ぎはその刃渡りの分だけ、水平に間合いを支配する。その間合いから脱しない限り、斬られる。最後の無頼が後ろへ跳んだ。

「その動き、やはり忍よな」

大宮玄馬が断じた。

「……」

「こういうところでの無言は肯定ととられる。それくらいはわかっていよう。となららば、遠慮はせぬ」

言いながら大宮玄馬が、姿勢を低くして迫った。

「くっ」

体勢を整えるまもなく、襲われた伊賀者が咄嗟《とつさ》に長脇差で、大宮玄馬の一撃を受け止めようとした。

「蜻蛉《かげろう》」

小さく口のなかでつぶやいた大宮玄馬が、右手だけで脇差を操った。

小柄ゆえに一放流の流統を受け継げなかったとはいえ、大宮玄馬の膂力《りょりょく》は並大抵ではない。ぶつかり合った長脇差を弾くだけの力は、片手では出せなかったが、その動きを一瞬止めることはできた。

「なにっ」

止められた長脇差を使って鍔迫《つばぜ》り合《あ》いに持ちこもうとした伊賀者が手応えのなさに呆然とした。

「……えいや」

刃と刃が当たった瞬間、その反動を利用して脇差を一寸だけ引いた大宮玄馬は、右腕をくねらせるように動かし、相手の懐へと切っ先を突き出した。

「はくっ」

必死の間合いである。伊賀者に対処の方法はなかった。脇差が伊賀者の胸を貫いた。

「風に舞う蜻蛉のごとく」

大宮玄馬が死にいく伊賀者へ聞かせた。

「立ちふさがるものを避け、前へ進むのがこの技。死人には意味のない解説だったな」

脇差を抜くのではなく、伊賀者の身体を突き飛ばすようにして大宮玄馬は、返り血を避けた。

「殿」

あたりを警戒しながら、大宮玄馬が聡四郎を見た。

「大事《だいじ》ない」

聡四郎も敵を片付けていた。

「生き残りはおらぬな」

「はい」

血刀《ちがたな》を二人は拭った。

「御駕籠側に。わたくしは行列の最後尾へ戻りまする」

警戒を続けると大宮玄馬が述べた。

「わかった」

大宮玄馬に促された聡四郎が、竹姫の駕籠へと近づいた。

「終わったの……」

脇差を握りしめていた紅の身体から力が抜けた。

「聡四郎さん」

強ばっている顔を緩めようと、紅がほほえみを浮かべようとした。

「動くな」

紅を後ろから抱くようにした孝が、懐刀を抜いた。

「刀を捨てろ。さもなくば刺し殺す」

懐刀の切っ先を紅の左胸へと孝が当てた。

「奥さま」

「動くな。そこにいろ」

駆けつけようとした大宮玄馬を聡四郎は制した。

「賢明な判断だ」

孝が笑った。

「……伊賀の女忍か」

聡四郎は顔をゆがめた。

「太刀を持ちかえろ。切っ先を己に向け喉を刺せ」

冷たく孝が命じた。

「紅さま」

駕籠のなかから異変を察した竹姫が顔を出した。

「なにをしている。紅さまを放さぬか」

竹姫が孝を叱りつけた。

「黙ってろ。すぐに殺してやる。御広敷用人を討つ手配をさせるための条件が、おまえの命を奪うことだからな」

孝が怒鳴り返した。

「……な」

竹姫が詰まった。

「おまえたち二人が死ねば、この女だけは生かして帰してやる。さっさとしないか」

　いらだちを孝が見せた。

「……」

　聡四郎はゆっくりと太刀を逆手に持ちかえた。

「おまえが死ねば、妻は助かるぞ」

　孝が催促した。

「まちがいないな」

　念をいれながらも聡四郎は注意を怠らなかった。周囲に目を飛ばしていた。聡四郎は大宮玄馬の後ろで立ち止まっている町娘に違和を感じた。この場のすべての者の目は紅と孝にある。だが、その町娘の目は大宮玄馬を見ていた。

「はあぁ」

　大きく紅がため息を吐いた。

「きさま……なんだその態度は。死にたいのか」

　孝が紅の胸に突きつけた懐刀に力を入れた。豊かな紅の胸の膨らみを覆う小袖《こそで》に、切っ先が食いこんだ。

「死にたくはないけどね。聡四郎さんが死ぬのを見るよりは、はるかにましなのよ」

紅が切っ先へ向けて胸を突き出した。

「……つう」

切っ先が乳房に食いこみ、血をあふれさせた。

「紅……」

聡四郎が叫んだ。

「な、なんだ、こいつは」

それ以上に孝が慌てた。人質が自ら切っ先を受け入れる。あり得ないことだった。

そして、人質が死ねば、その価値はなくなる。それどころか、肉を巻いた懐刀は抜けなくなり、唯一の武器まで奪われてしまう。孝が急いで懐刀を引いた。

「生まれて初めて、女を憎む」

「あっ」

一瞬目を紅にやった孝は、目の前に聡四郎が立っていることに気づいて絶句《ぜっく》した。

「かかわりのない者を巻きこむ。伊賀の正義はそのていどの浅さなのか」

「……ち、違う。くらえ……」

否定しつつ紅の身体を盾代わりに突き飛ばそうとした孝が止まった。聡四郎の動きが速かった。

「正々堂々と仇《かたき》を名乗ってくれば、尋常に受けてやったものを。たとえ身を守るためとはいえ、敵を殺したのだ。恨みを受けて当然だとわかっている。だが、他人を巻きこむ以上、勝負ではない。ただの殺しあいよ。生き残った者が正しい」

孝の喉をまっすぐに貫いた太刀を聡四郎は抜いた。左右にある動脈ではなく、喉から脊椎《せきつい》にある神経を断たれた孝は、血をほとんど流さず、崩れ落ちた。

「玄馬、後ろだ」

じっとこちらを注視していた大宮玄馬へ聡四郎が声を掛けた。

「……おう」

背中から斬りかかってきた袖の一撃を、身体をひねっただけで大宮玄馬はかわした。

「くそっ」

目標を失った袖が体勢の崩れを整えようとした。

「……………」

怪訝《けげん》な顔をしながら、大宮玄馬は脇差で袖の背中を割った。

「……くっ」

背中を斬られた袖が倒れた。

「紅さま」

竹姫が叫び声をあげたことで、動きの止まっていた皆が吾を取り戻した。

「医師を」

「わたくしが運びまする。鹿野どの、行列を急ぎ城へ。門限に遅れてはなりませぬ」

騒ごうとする一同を聡四郎は抑えた。

「しかし……」

「お戻りを。竹姫さまが大奥へ向かって下さらねば、わたくしは紅のもとにいてやれませぬ」

渋る竹姫を聡四郎は説得した。

「……わかった。紅さまを頼むぞ」

「わたくしの妻でございまする」

傷を負った紅を抱き上げて聡四郎は宣《せん》した。

「うらやましいわ」

竹姫が泣きそうな顔で笑った。

「鹿野、差配せい」

「はい。出立じゃ。急げ」

鹿野の合図で駕籠が動き出した。さすがに女陸尺たちの足も速まった。

「殿……」

「後ろを向け。紅の傷を見る」

駆け寄ってきた大宮玄馬に告げて、聡四郎は紅の合わせを開いた。

「無茶しおって」

傷が骨で止まっているのを確認した聡四郎は、ほっと息を吐いた。

「玄馬、駕籠を二つだ」

「二つ……」

「あの伊賀の女、殺してはおるまい。屋敷へ連れて行く。このまま放置しておくわけにはいかぬ」

聡四郎が顎《あご》で袖を示した。

「よろしいのでございますか」

「手加減したな」

「……申しわけございませぬ。ちと気になりまして」

見抜かれていたと知った大宮玄馬が詫びた。

「気になるならば、調べてみよ」

「ありがとうございまする」

一礼した大宮玄馬が、駕籠を探しに駆けていった。

「そなたには驚かされてばかりだな」

気を失っている紅の耳元へ聡四郎は囁《ささや》いた。

第二章　退き口の忍

一

紅を屋敷に運び医師の手配をすませて江戸城へ登った聡四郎は、まず御広敷用人部屋と隣り合っている伊賀者詰め所に入った。

「御用人さま、おいでてございましたか」

なにげない顔で御広敷伊賀者組頭藤川義右衛門が振り向いた。

「やはり御広敷伊賀者か」

聡四郎は藤川を睨《にら》みつけた。

「なんのことでございましょう」

「上様には証拠など要らぬと、まだわからんようだ」

とぼける藤川へ聡四郎はあきれた。

「お話がわかりませぬ」

「おまえが組んだ相手に伝えておけ。金を惜しむから失敗したとな」

「なにを言われておられるのやら……」

藤川が首をかしげた。

「最後に出てきた伊賀者だが、使いものにならぬほど未熟であったわ。あれが切札だというならば、伊賀者は無駄飯喰いよな」

「……」

同室していた若い御広敷伊賀者が、さっと殺気を向けてきた。

「蓮山《はすやま》」

小さく藤川が叱責《しっせき》した。

「今のでわかったであろう。このていどのことで揺らぐ。堪え忍ぶのが仕事である伊賀者としてふさわしくあるまい」

「……」

冷たい目で見られた蓮山がうつむいた。

「上様にご報告してくる。今のうちに身の振りかたを考えておくがいい」

聡四郎は吐き捨て、出ていった。

「組頭さま」

「あほう、かまをかけてきているだけだと気づかぬか。伊賀者がかかわっていた証はないのだぞ。刺客として選ばれた重園《しげぞの》の三男の顔など、用人が知っているはずもないのだ」

「申しわけございませぬ」

蓮山が詫びた。

「上様にご報告されてはなりませぬ。仕留《しと》めましょうぞ、用人を」

「止《や》めよ」

急いで立ちあがった蓮山を、藤川が制した。

「上様は、伊賀を咎められぬ」

藤川が述べた。

「伊賀を潰《つぶ》すことは、誰にもできぬのだ」

「なぜでございましょう」

蓮山が問うた。

「伊賀者を捕らえられる者などおるまい。目付《めつけ》であろうが徒目付《かち》であろうが、伊賀の忍を抑えられはせぬ。そう、上様が伊賀者を潰すと決めた瞬間、一族を含めた二百の伊賀者が闇へ消える。それは伊賀者の復讐の始まりだ。さすがに御庭之者《おにわのもの》の警固のなかにいる上様を害するのは無理でも、老中や側用人《そばようにん》くらいならば、一夜で全滅させられよう」

「……たしかに」

言い切る藤川に、蓮山が同意した。

「幕府は長善寺《ちょうぜんじ》の乱を忘れてはおらぬ」

藤川が言う長善寺の乱とは、幕初、二代目服部半蔵《はっとりはんぞう》の暴虐《ぼうぎゃく》に耐えかねた伊賀者同心二百名が四谷《よつや》の長善寺へ籠もって抵抗した事件であった。服部半蔵の罷免《ひめん》と伊賀者の同心から与力《よりき》への格上げを求めて蜂起《ほうき》した伊賀者は、幕軍数千を翻弄し続けた。さすがに弓矢・鉄炮、兵糧《ひょうろう》などが続かず、数十日の抵抗の後降伏したが、存分に伊賀者のすさまじさを見せつけた。

「あのとき、伊賀組を解体したが、それ以上の処罰はなかった。それは、幕府が伊賀者の力を怖《おそ》れたからだ」

「では……」

蓮山が身を乗り出した。

「あの用人を殺してもお咎めはないと」

「ないはずだ。だが、わからぬ。あの用人は上様の養女を妻としている。子飼いだ。いわば、吾が手よな。それを斬られて黙ってはおられまい」

難しい表情で藤川が首を振った。

「ですが、伊賀者は潰せぬと……」

「伊賀者同心を潰すことはできぬ。だが、手を下した伊賀者と、組頭である儂《わし》に手を出すくらいはしてこよう」

「そのていどならば、返り討ちに」

「できるのか、御庭之者を」

冷静な声で藤川が、蓮山に訊いた。

「……御庭之者など根来者《ねごろもの》の亜流にすぎませぬ。忍の本流である伊賀の敵ではございませぬ」

蓮山が虚勢《きょせい》を張った。

「愚か者。用人の言うとおりよな。相手と戦って勝ってから言うべきだ、その台詞《せりふ》はな。忍が敵を最初から侮《あなど》ってどうする」

「……すみませぬ」

ふたたび叱られた蓮山が詫びた。

「もうよい。番所《ばんしょ》で詰めていろ。柘植《つげ》に代わりを寄こせと伝えろ」

「はっ」

手で追い払われた蓮山が、詰め所を出た。

「戦う前から侮るな、か。では、優《まさ》ればよいのだな」

小さく蓮山がつぶやいた。

すでに七つ（午後四時ごろ）を過ぎていたが、聡四郎の目通りはすんなり許された。

「お待ちである」

御休息《おきゅうそく》の間《ま》前の入《い》り側《かわ》で御側御用取次《おそばごようとりつぎ》の加納近江守《かのうおうみのかみ》が待っていた。

「少し遅かったのではないか」

案内しながら加納近江守が問うた。

「一箇所寄りましたもので」

どことは言わず、聡四郎は告げた。

「上様に隠すなよ」

加納近江守が忠告した。

「御広敷用人水城聡四郎を召し連れましてございまする」

御休息の間下段外襖際《ふすまぎわ》で、聡四郎は膝をつき、加納近江守がお披露目《ひろめ》をした。

「入れ」

短く吉宗が命じた。

「ご機嫌は悪いぞ」

小声で加納近江守が囁いた。

「……」

言葉の数が少ないときの吉宗は機嫌が悪い。そのくらいのことは聡四郎でも知っていた。だが、あらためて側近くに仕えている加納近江守から聞かされると緊張が増した。

「上様にはご機嫌麗《うるわ》しく……」

「無駄なことを口にするな」

御休息の間下段中央まで進み、決められた口上《こうじょう》を述べようとした聡四郎を、吉宗が遮《さえぎ》った。

「一同遠慮せい」

手を振る吉宗にしたがって、宿直《とのい》番として御休息の間にいた小姓《こしょう》、小納戸《こなんど》が出て行った。

「なにがあった」

吉宗が問うた。

「竹姫さまのご参詣行列が襲われましてございまする」

聡四郎が語った。

「竹は無事なのだな」

話を聞き終えた吉宗が念を押した。

「毛ほどの傷もおつきではございませぬ」

はっきりと聡四郎は保証した。

「当然だ。竹の身体に傷一つでもあれば、そなたは切腹《せっぷく》だ」

吉宗が言った。

「まあいい。で、誰かわかったのか」

「二度とも、襲い来たのは金で雇われた刺客でございました。一度目は浪人者、二度目は無頼の者どもでございました」

「雇い主はわかったのか」

「残念ながら、二人で行列を守らねばならず、尋問する余裕はございませんでした」

聡四郎は最初の浪人一人を逃がしたことを告げなかった。

「いたしかたないか。近江」

吉宗が聡四郎の言いわけを認め、加納近江守へと目を移した。

「はっ」

「出るぞ。供をいたせ。水城、そなたもだ」

返答を待たず、立ちあがった吉宗が、御休息の間を出た。

「上様、どちらへ」

他人払いを受けて御休息の間外の入り側で控えていた小姓組頭が、出てきた吉宗に驚いた。

「少し散策じゃ。夕餉の用意をしておけ。近江守と水城に供をさせる。そなたたちは、ここで控えていよ」

吉宗が小姓組頭へ言った。

「お待ちを。万一に備えて、せめて小姓から二人お連れくださいませ」

小姓組頭が願った。

「そなたの忠誠、喜ばしく思う。だが、不要である」

一度褒めてから、吉宗が拒んだ。

「……」

無言で小姓組頭が平伏《へいふく》した。吉宗が将軍になって、半年をこえる。小姓組頭も吉宗の気性《きしょう》を呑みこんでいた。これ以上言いつのると、称賛《しょうさん》が叱責に変わりかねなかった。

「行くぞ」

吉宗が歩き出した。

「お先を失礼いたしまする」

御休息の間から少し離れたところで、加納近江守が先に立った。

「どちらへ」

「山里口《やまざとくち》へ参る」

問われて吉宗が答えた。

「……山里伊賀者でございますか」

すぐに加納近江守が気づいた。

気むずかしいことこの上ない吉宗に、紀州以来仕え続けてきただけでなく、将軍となった吉宗の側近として支えてきたのだ。賢明なだけではなく、気働きもできる。

「伊賀をもう一度割る」

冷たく吉宗が告げた。

山里口は、江戸城の退《ひ》き口《ぐち》である。退き口とは落城と決まったとき、当主《とうしゅ》並びにその一族を密《ひそ》かに逃がすためのものだ。江戸城では大手門とはほぼ反対側になる山里口を退き口としており、そこから甲州《こうしゅう》道中をひた走って甲府《こうふ》城へと落ちていく手はずになっていた。だけに山里口の詳細は厳秘とされ、普段ここを通行できるのは、御庭方、奥向《おくむき》衆、黒鍬者《くろくわもの》、鷹匠《たかじょう》のみであり、老中といえども近づくことさえ許されていなかった。

「誰だ。ここは山里口である。ただちに立ち去れ」

山里口の見えるところまで来た途端、ねずみ色のお仕着せをつけた山里伊賀者が現れて三人を制した。

「山里伊賀者であるか」

「さようでござる」

吉宗の問いに、山里伊賀者がうなずいた。

「躬《み》は吉宗である」

「げっ」

名乗られた山里伊賀者が驚愕した。

「御側御用取次の加納近江守」

「御広敷用人水城聡四郎」

加納近江守と聡四郎も身分をあきらかにした。

「や、山里伊賀者同心、香河数介《かがわかずすけ》にございまする」

平蜘蛛《ひらぐも》のように、山里伊賀者が伏した。

「香河であるか。覚えたぞ」

「畏れ入りまする」

吉宗の言葉に、香河が震えた。

伊賀者は目見《めみ》えできない御家人のなかでも、もっとも身分は低い。旗本でさえ吉宗に名前を知られている者はそう多くないというのに、伊賀者同心の顔を覚えたと言われたのだ。香河が感激するのも当然であった。

「山里伊賀者は、何人おる」

「九名でございまする」

「すべてはここにおるか」

「いいえ。当番、宿直番、非番と分けておりまするゆえ、今は六名しか」

香河が申しわけなさそうに言った。

当番と宿直番の交代時刻であったため、偶然六名いたが、それでも三名足りなかった。

「そうか。そなたたちの組頭はおるか」

「はい。しばしお待ちを」

あわてて香河が走っていった。

二

「山里伊賀者組頭、遠藤湖夕《えんどうこゆう》でございまする。上様の御尊顔《ごそんがん》を拝し奉り、光栄至極《こうえいしごく》に存じまする」

駆けつけた遠藤が額《ひたい》を地につけた。

「ごくろうである。遠藤、ここは密談をしても大事ないか」

「もちろんでございまする。この山里口は我ら山里伊賀者の範疇。なにものの侵入も許しはいたしませぬ。上様がお見えとうかがい、この香河を除いた者どもを四方に控えさせておりますれば」

平伏したまま遠藤が述べた。

「うむ」

すばやい手配りに吉宗が満足そうに首を小さく上下させた。

「顔をあげよ、遠藤、香河」

「……しかし」

吉宗の命に遠藤がためらった。

「上様のご諚《じょう》である。面《おもて》をあげよ」

加納近江守が促した。

「ご免を」

「ご無礼つかまつりまする」

言われて二人の伊賀者が、吉宗を見上げた。

「禄《ろく》はいかほどである」

「三十俵《ぴょう》と二人扶持《ぶち》をいただいておりまする」

遠藤が吉宗の問いに答えた。

「水城、それで暮らしていけるのか」

吉宗が振り向いた。

「三十俵二人扶持は、金にいたしますとおよそ十二両でございまする。庶民ならば、なんとかやっていけましょうが……」

聡四郎は厳しいと伝えた。

「そうか。幕政緊迫のおりゆえ、加増《かぞう》してやるわけにはいかぬ。それだけの手柄がないとな」

「加増……」

遠藤が目を剝《む》いた。

「隠し扶持をくれてやる。そうよな、山里伊賀者九名に三百石やろう」

「三百石……」

聞いた遠藤が息を吞んだ。

三百石は金にすると一年におよそ百八両となる。九人で割ると一人あたり十二両。そう、吉宗は禄を倍にしてやると言ったも同然であった。

「なにをしろと」

立ち直った遠藤が吉宗に尋ねた。

「御広敷伊賀者を潰す」

「……それは」

宣する吉宗に、遠藤が三度驚いた。

「躬《み》に逆らう者どもを残しておく意味などあるまい」

「………」

遠藤が沈黙した。

「伊賀者は伊賀者としかつきあわぬらしいの」

「はい。伊賀の技は門外不出《もんがいふしゅつ》でございますれば、婚姻も養子も組内ですませます
る」

吉宗の確認に、遠藤は首肯した。

「では、そなたも知っておろう、水城を」

「……はい。何人かの御広敷伊賀者を葬られたお方かと」

遠藤は述べた。

「水城は、躬が選んで御広敷用人としたものだ。そして、なにより吾が娘の婿であ
る。それを知っていながら襲うなど、躬に対する叛逆《はんぎゃく》としかとれぬ」

「はい」

さすがに否定はできなかった。ここで御広敷伊賀者に近い発言をすれば、先ほど

の隠し扶持の話がなくなるのはもちろん、吉宗の敵に回ると宣言するのと同じである。遠藤が、認めるのは当然であった。

「将軍の言うことをきかぬ連中に、禄をやる意味はあるか」

「いいえ」

肚《はら》をくくったように、強く遠藤が同意した。

「山里伊賀組は、上様に永遠の忠誠を捧《ささ》げまする」

遠藤が御広敷伊賀者と敵対すると口にした。

「けっこうである」

大きく吉宗がうなずいた。

「わたくしどもは、御広敷伊賀者を分ければよろしゅうございますか」

「ほう」

吉宗が遠藤の言葉に、少し目を開いた。

「よくわかったの」

「先ほど上様は我らの人数をご確認なされました。非番も入れて九名と九十六名では、数が違いすぎまする。それでいながら、ご落胆のご様子と見えませんでしたので」

遠藤が説明した。

「気に入った。そなたこの騒動が落ち着いたとき、伊賀者を束ねよ」

吉宗が手を叩いた。

「畏れ入りまする」

深く遠藤が頭を下げた。

「御広敷伊賀者全部が、躬に反することに得心してはおるまい。半数とは言わぬが二十名ほどは、納得しておらぬはずだ。ただ、組うちの合意に引きずられておるだけであろう。その者たちをこちらに戻せば、藤川がどうあがこうともたいしたまねなどできぬ。そなたたちは、まず、藤川に心底《しんそこ》与《くみ》している者以外を探し出し、味方につけよ」

「何名ほどでよろしゅうございましょうか。あまりときをかけ過ぎるわけにも参らぬかと存じまする」

「そうよな。人数は別として十日を区切りとしよう」

「はっ」

遠藤が指示を聞いた。

「近江守、手許金《てもときん》を持っておるな」

「はい。些少《さしょう》ではございますが」

懐から加納近江守が、紙入れを取り出した。手許金とは、将軍が自在に遣える金のことだ。江戸城からまず出ない将軍にとって金は不要であるが、加増してやるほどの手柄でないとき、あるいはとりあえずの褒美《ほうび》として、家臣たちに与えられるよう用意されていた。それを加納近江守が管理していた。

「八両ございまする」

加納近江守が数えた。

「水城、一両貸せ」

吉宗が手を出した。

「はい」

言われて聡四郎も紙入れを出した。聡四郎の紙入れは毎朝、紅によって準備されていた。旗本の当主は、普通金を持たない。ものが欲しければ、家臣に命じて購入させるか、出入りの商人をつうじて手に入れるかするため、自ら金を遣うことなどない。

それを紅は嘲笑《ちょうしょう》した。

「お金も遣わないで、どうやってものの値段を知り、世情を見るの。お役人さまほど、世間をわからなきゃいけないのに」

町人の出だけに、紅は遠慮をしなかった。

「遣いなさい、お金は。遣うことで、お金の価値を知り、その力もわかる。なにより、お金の怖さを知らなければだめ」

紅は最初、金など遣わないと言って断ろうとした聡四郎を叱った。

「毎日買いものしろと言っているわけじゃないの。目に留まったものを買ってくれればいい。ただし……」

一度紅が言葉を切った。

「女の人を買ったりしたら……切るからね」

紅が聡四郎の股間を睨んだ。

「わかっている」

思わず腰が引けた日のことを聡四郎は忘れていなかった。

「どうぞ、お遣いを」

一両小判を一枚、聡四郎は吉宗の手の上に置いた。

「これをやる。少ないが褒美の一つだ」

「ありがとうございまする」

膝行《しっこう》して近づいた遠藤が受け取った。

「帰るぞ」

吉宗が踵《きびす》を返した。

「はっ」

加納近江守が従った。

「御広敷用人さま」

「なんだ」

後に続こうとした聡四郎を、遠藤が小声で呼び止めた。

「今日はさがってよい」

歩きながら、吉宗が残ることを許した。

「かたじけのうございまする」

聡四郎は腰を折って吉宗の姿が消えるまで見送った。

「……お止めして申しわけございませぬ」

吉宗の姿が見えなくなったところで、遠藤が口を開いた。

「いや、構わぬ。で、なんだ。伊賀の恨みとくるつもりか」

気にするなと言ったあと、聡四郎は訊いた。

「ご冗談はご勘弁くださいませ。上様より格別な臣であると見せつけられて、そのような恐ろしいまねなどできませぬ」

とんでもないと遠藤が首を振った。

「ことの始まりをお聞かせ願いたいのでございまする」

「……始まりか。どうして吾と御広敷伊賀者が敵対したかの原因を知りたいと言うのだな」

「はい」

遠藤が首肯した。

「はっきりいってわからぬ。ゆえに、全部話すゆえ、そちらで判断してくれ」

私意を挟む気はないと聡四郎は告げた。

「お願いいたしまする」

先を遠藤が促した。

「拙者が御広敷用人を拝命したときだ。藤川は拙者に上様の意図を問うた。まあ、形だけとはいえ、拙者は上様の身内になる。大奥の女中たちを追放するという強権《きょうけん》を発動した上様だ。拙者を大奥担当である御広敷に入れたのは、次に御広敷を粛正《しゅくせい》すると考えたのだろうが、こっちはなにも報《しら》されていない。問われても何もないとしか言いようがないであろう。それを藤川はごまかしと取り、拙者を襲った」

「……愚かな」

遠藤が嘆息した。

「忍は思いこみで動いてはならぬもの。裏の裏まで探ってようやく力を振るう。己の考えだけで馬鹿をするような忍を誰も信じてはくれぬ」

「念のために申しておくが、理不尽《りふじん》に命を狙われたのだ。今まで多くの伊賀者を葬り去ってきたことを詫びはせぬし、藤川らを許す気はない」

聡四郎は和解はないと断言した。

「当然でございまする」

はっきりと遠藤が認めた。

「皆を集めまする。ご懸念《けねん》なきよう」

断ってから遠藤が手をあげた。

「来たか」

なんの気配もなく、四名の伊賀者が遠藤の後ろに湧いた。

「一同、顔を晒《さら》せ」

忍頭巾《ずきん》をしたままの山里伊賀者たちへ、遠藤が命じた。

「………」

反論もなく、四名が素顔を見せた。

「御広敷用人さまへ害意《がいい》がない証拠として、我らの顔をご覧にいれまする。残り三名につきましては、近日中に」

遠藤が述べた。

「……御広敷用人水城聡四郎である。見知りおいてくれ」

皆の顔を見回してから、聡四郎は名乗った。

「真庭《まにわ》でございまする」

「泉野《せんの》と申しまする」

次々に山里伊賀者たちも応じた。

「では、これで」

「お気を付けて」

辞去《じきょ》する聡四郎に、遠藤が声をかけた。

「組頭、よいのか」

聡四郎が去りきる前に、泉野が口を開いた。

「伊賀の掟《おきて》は我らも守らねばなるまいが」

「掟はなんのためにある」

迫る泉野へ、遠藤が問うた。

「それは後《うし》ろ髪《がみ》を引かれることなく仕事に行けるようにだ」

伊賀の忍を殺した者へ、理由の如何《いかん》にかかわりなく復讐する。それが伊賀の掟であった。かならず誰かが仇をとってくれる。これは同時に伊賀が遺《のこ》された者の面倒を見ることでもある。そう信じられればこそ、忍は死地《しち》とわかっていても赴《おもむ》ける。

「そこまでして仕事に行くのはなぜだ」

「食うためであろう」

しつこく訊かれた泉野がいらだった。

「そうだ、食うためよ。では、今上《きんじよう》さまに逆らえばどうなる。伊賀者は潰されるぞ」

「潰せまい。我らを闇に放つことがどれだけ恐ろしいか、幕府は知っているはずだ」

泉野が言い返した。

「いつの話をしている。今、伊賀で闇を支配できるだけの術者《じゆつしや》がどれだけいる」

遠藤があきれた。

「御庭之者を抜ける者がここにいるか」

「……」

問われて泉野が黙った。

「上様へ近づくことはできずとも、老中くらいならば……」

黙ったことを恥じたかのように、泉野が言った。

「できような」

あっさりと遠藤が認めた。

「だが、それでどうなるというのだ」

「老中が死ねば、政は回らぬ」

泉野が答えた。

「まぬけ。今ご老中方全員が亡くなられても、政は滞らぬわ。上様がすべてをなさるだろう。大奥を抑えたお方ぞ」

「ううっ」

叱られた泉野が詰まった。

「それどころか、上様は喜ばれような。でございましょう、水城さま」

遠藤が少し離れたところで足を止めた聡四郎に問いかけた。

「どういうつもりで、わざと拙者に聞かせたのかは知らぬがな」

聡四郎は遠藤を牽制《けんせい》した。

「上様は老中方がおられなくなっても政を止《と》められぬ。それだけのご器量《きりよう》をお持ちだ。そして、老中方がおられなくとも政が回ると見せつけた後……執政衆《しっせいしゅう》をご廃止になろう」

遠藤が求めている答えを聡四郎は述べた。

「……」

泉野が言葉をうしなった。

「もう一つ、そなたの思惑に乗ってやろう」

目を遠藤に向けて、聡四郎は続けた。

「老中を襲う。それは幕府に対する謀叛《むほん》にほかならない。上様は決してそれをお許しにならぬ。実行した伊賀者は逃げられるだろうが、家族はどうだ。遠くへ逃がしきるというだろうが、この国の津々浦々は幕府のものだ。薩摩《さつま》に逃げこんだところで、安心できない。そうよな、お手伝い普請永年免除《ふしんえいねんめんじょ》を餌《えさ》にされれば、そなたたちを庇護《ひご》するどころか、かえって熱心に狩りだしてくれよう」

聡四郎は語った。

「ちなみに、伊賀の郷はもっとも初めに殲滅《せんめつ》されるぞ。織田信長《おだのぶなが》さまによる天正《てんしょう》伊賀の乱をこえる被害が郷を襲う」

天正伊賀の乱とは、天下取りに邁進《まいしん》する織田信長がまつろわぬ伊賀忍たちを滅ぼすために起こした軍事行動である。正確には謀略《ぼうりゃく》で伊勢国を手に入れた信長が、国境を接していた伊賀へ手を伸ばした侵略であった。一度は伊賀の忍たちによって追い返された織田軍は、二年後の天正九（一五八一）年、五万の大軍で再度侵攻、裏切り者も出たため、わずか五日で伊賀は陥落し、生き残った忍たちは本能寺の変で信長が死ぬまで、国を捨てて放浪するはめになった。

「上様はためらわぬお方だ」

一度言葉をきって、聡四郎は山里伊賀者一人一人の顔を見た。

「女子供だから許されるなどと思わぬようにな」

「………」

聡四郎の話を山里伊賀者たちは無言で聞いた。

「面倒を押しつけるな」

文句を聡四郎は遠藤へぶつけた。

「かたじけのうございました。組頭とはいえ、我らに上下はなく、命じるわけにはいかないのでございまする」

頭を下げて遠藤が謝った。

「御広敷といい、山里といい、伊賀者は手がかかる」

大きく息を吐きながら、聡四郎は背を向けた。

「……止めておけ」

針の先で少しだけ突かれたような違和感に聡四郎は応じた。

「ここで拙者になにかすれば、山里伊賀者だけではない、すべての伊賀者を敵とするぞ」

誰がとは言わなかった聡四郎だが、その意図は十分つうじた。

「真庭」

遠藤がきつい声を出した。

「伊賀の掟はそこまで重いのか」

振り返らずに聡四郎は問うた。

「子孫たちの命を無駄に散らすほど、先祖は馬鹿だったと言っているにひとしいと気づけ」

聡四郎はふたたび歩き始めた。

「人の覚悟を試すな、伊賀者」

すべてが遠藤のしくんだことだと聡四郎は見抜いていた。吉宗から直接命じられ、したがうと受けたのだ。もし、聡四郎に傷一つでも負わせたならば、今夜中に四谷の伊賀者組屋敷は灰燼《かいじん》に帰《き》す。それに気づかないようでは、忍などやっていられない。

「畏れ入りまする」

遠藤が頭を下げた。

三

館林《たてばやし》藩松平家家老《かろう》山城帯刀《やまきたてわき》の顔はゆがんでいた。

「失敗しただと」

「すいやせん」

紅が傷ついたため、聡四郎に捕らえられることなく放置された富造だったが、骨をくだかれた腕は使いものにならなくなっていた。

「あれだけの金を取っておきながら、よくもまあ、失敗したと言えたな」

山城帯刀が怒鳴りつけた。

「あんなに強い侍が二人もいるなんて聞いておりやせんでした」

富造が言い返した。

「警固の侍が同行していて当然、言わずともわかろう」

「いるかどうかじゃございませんので。そいつが強いかどうかが問題なんでございます」

抗議を潰そうとする山城帯刀に、富造が詰め寄った。

「知っていれば、もうちょっと人を増やすなり、腕利きの浪人を集めるなりしやした。おかげで、遣える者たちのほとんどを失ってしまい、このあとどうやって縄張りを維持していくか」

「きさま、手を抜いたのか」

恨みを言う富造に、山城帯刀が憤怒《ふんぬ》した。

「手を抜いたわけじゃございやせん。いただいたお金に見合うだけの手配はいたしやした」

「なぜ十分な布陣《ふじん》をせぬ」

山城帯刀が詰問《きつもん》した。

「腕のたつ浪人は高いのでございますよ。あの費用じゃ、そこそこの浪人を二人も雇えば終わりでございまする」

とても足りないと富造が文句をつけた。

「儂《わし》が金を惜しんだせいだと言うか」

「……あれだけ遣える侍が二人と知っていたなら、あの金額では受けておりやせん」

ふてくされた口調で富造が述べた。

「失敗は儂のせいだと言いたいのだな」

厳しい目で山城帯刀が富造を睨んだ。

「そこまでは申しませんが……」

下から見上げるように、富造が山城帯刀を窺《うかが》った。

「なにが言いたい」

「やられた連中に見舞金をお願いいたしたく」

「失敗したうえに、金まで欲しいと言うか。強欲《ごうよく》にもほどがあろう」

山城帯刀が啞然《あぜん》とした。

「ご覧のとおり、あっしも腕をやられまして、これでは下の者を従えることもできやせん。縄張りを捨てて隠居《いんきよ》しようかと」

「いくら欲しい。五両か、十両か」

小金ならば払うと山城帯刀が言った。

「ご冗談を。何人死んだとお思いで。葬儀代、遺《のこ》された身内への見舞金、あっしの退き金を合わせまして、つごう二百両お願いいたしまする」

富造が告げた。

「馬鹿を言うな。二百両だと。最初に請け負った金の十倍とは、ふざけるな」

山城帯刀が顔色を変えた。

「最初が安すぎただけで。あの腕の侍二人を倒して、行列の足止めをするとなれば、五十両頂戴いたしておりまする」

「どちらにせよ、依頼を成功させたならばまだしも、失敗したものに金を出す気はない。そうそうに立ち去れ」

犬を追い払うように、山城帯刀が手を振った。

「よろしいので。このままあっしを帰して」

口の端を富造がゆがめた。

「どういうことだ」

「お恐れながらと訴え出てもよろしいのでございますよ」

富造が脅した。

「できるものならな」

山城帯刀は相手にしなかった。

「あなたさまに頼まれて、深川八幡宮で駕籠を襲ったと、町奉行所に申し出ても」

「好きにしろ」

念を押す富造を、山城帯刀が鼻先であしらった。

「儂が命じたという証拠があるか」

「あっしが生き証人でございまする」

富造が己を指さした。

「町の無頼と、館林藩の家老。どちらの言いぶんがとおるかな」

「……………」

嘲笑された富造が黙った。

「それに自訴《じそ》することになるぞ。将軍の姫を襲って無事ですむはずはなかろう」

「将軍の姫……」

聞かされていなかった富造が絶句した。

「あの駕籠の主は、五代将軍綱吉さまのご養女竹姫さまよ」

「……」

富造が腰を抜かした。

「その駕籠を襲いましたと町奉行所に行けるものなら行ってみるがいい」

山城帯刀が挑発した。

「教えなかったな」

「当たり前だ。きさまらは道具。庖丁《ほうちょう》にいちいち大根を切るぞと告げるか。道具は黙って仕事をすればいい」

冷たく山城帯刀があしらった。

「ふざけやがって……」

富造の頭に血がのぼった。

「懐に手を入れたようだが……おい」

山城帯刀が合図した途端、四方の襖が開いて、たすき掛けの藩士たちが姿を見せた。

「うっ……」

すでに太刀を抜いている藩士たちに、富造の勢いがしぼんだ。

「足下の明るいうちに出ていけ。そして二度と当家に近づくな」

「…………」

震えながら富造が出ていった。

「ご家老さま」

ほとんどの藩士が送り狼《おおかみ》のように富造の後へついていったあと、残っていた若い藩士が山城帯刀を見た。

「うむ」

はっきりと山城帯刀が首肯した。

「では」

若い藩士が山城帯刀のもとから去っていった。

館林藩の下屋敷を放り出された富造が、閉められた潜り門に向かって罵声をぶつけた。

「なめやがってえ」

怒りはそれで治まらなかった。

「このままですませてたまるか」

肩を怒らせた富造が、縄張りである深川の八幡宮門前へと向かいながら独りごちた。

「縄張りを売り払えば、二年やそこらは遊んで暮らせるだけの金にはなる。その金を持って上方《かみがた》にでも行くか。上方には昔面倒を見た奴もいる。そこで再起をはかるしかねえな。だが、このままじゃ、終わらねえ。けちくせえまねをしやがって。見舞金の五十両もよこしやがれってんだ」

富造が不満を大声で漏らした。

「江戸とのお別れついでだ。町奉行所に投げ文でもしてやるか。将軍のお姫さまを襲ったのが、館林藩の家老だと知れれば、世間は大騒動になるぞ。それを見られないのは残念だが、箱根《はこね》あたりで湯治《とうじ》でもしながら、噂が届くのを待つか。館林藩取り潰しの噂がよ」

腹いせの言葉を口にしながら歩いていた富造の後ろから声がした。

「箱根の湯に浸《つ》かる前に、三途《さんず》の川を渡ることになったな」

「えっ」

振り向こうとした富造の背中から胸へと刃が突き抜けた。

「つ、冷たい」

富造が即死した。

「口の軽い闇など、使い道がない。それぐらい理解しておけ」

若い藩士が太刀をすばやく拭って、鞘へと戻した。

紅は横になっている袖の傷の手当てを毎日していた。

「包帯は毎日替えて、傷を清潔にしておかないと後々困るからね」

「……………」

袖は反応しなかった。

行列を襲った伊賀者と大宮玄馬の戦いの決着を合図に、それぞれ斬りかかった伊賀郷女忍二人だったが、成果は得られなかった。

紅を人質にした孝は、聡四郎の怒りを受けて一撃で命を断たれ、大宮玄馬の背後を狙った袖は振り向きざまの一刀を浴びた。かろうじて身をひねったお陰で、背中を大きく斬りはしたが、致命傷は避けた。それでも、背中を斜めに裂かれたため、少し動くだけで、傷口が開き痛みが出る。だが、袖は辛そうな表情一つしなかった。

「玄馬さんももうちょっと遠慮しないと。女に傷をつけるなんて」

包帯を替え終わった紅が嘆息した。

「ちょっとご免なさいね」

反応しない袖に一言断って、紅は帯を緩めた。

「……つっ」

紅が胸に巻いていた晒しをほどいた。聡四郎と一緒になって、より膨らんだ胸の左には赤い傷口があった。

「膿《う》まないためとはいえ、この薬は染みるねえ」

袖に使ったのと同じ軟膏《なんこう》を紅が塗った。

紅の傷は袖のものと違い、二寸（約六センチメートル）弱と小さいが深かった。

「……おい」

袖が初めて声を出した。

「女が『おい』って」

紅があきれた。

「命が惜しくないのか」

手当てをしている紅に、袖が問うた。

「惜しいわ」

あっさりと紅が認めた。

「ではなぜ、自ら死のうとした」

袖が詰問した。

「あたしが人質にとられたら、聡四郎さんと玄馬さんが戦えないでしょう。そうなれば、聡四郎さんと玄馬さんだけじゃなく、竹姫さまのお命まで失われてしまう」

「一人と三人、数の釣り合いだというのか」

「それもあるけどねえ」

晒しをふたたび巻きながら、紅が述べた。

「もうあたしのことで、聡四郎さんを危ない目に遭わせたくないのよ」

「……どういう意味だ」

「あたしが人質になるのは初めてじゃないということ」

「なっ」

普通の生活をしているかぎりあり得ることではない。袖が目を剝いた。

「だけじゃないわ。さらわれたこともある。あやうく身をけがされる寸前までいったこともあるわ」

まだ紅と聡四郎が出会ってまもないころ、江戸城出入りの看板を相模屋から奪い取ろうと考えた甲州屋が、伝兵衛の一人娘紅を拐《かどわ》かし手籠《てご》めにしようとした。それを聡四郎が助けた。二人の仲を急速に近くした出来事であった。

「……」

紅の話に紬が沈黙した。

「それにね、あたしは今でも人質なのよ」

苦笑を紅が浮かべた。

「どういう意味だ。おまえは将軍の養女なのだろう。その養女が人質とは」

紬が混乱した。

「養女が人質という意味よ。あたしはね、聡四郎さんをくりつけておくために、上様によって養女にされた。でなきゃ、町娘風情《ふぜい》が紀州公の養女になるなんてあり得ないでしょう」

紅がため息を吐いた。

「あたしは聡四郎さんを繫ぐ鎖《くさり》。その鎖がさらに重荷になってどうするというの。だから、あたしは命を捨てようと思っただけ」

あっさりと言う紅に、紬が絶句した。

「……」

「あなたも女だからわかるでしょう。女は好きな男のためには、命をかけられる」

「好きな男などおらぬ」

袖が否定した。

「あなた何歳《いくつ》」

「……十九だ」

訊いた紅に、袖が答えた。

「今まで好きになった人は」

「ない。女忍に色恋は御法度《ごはっと》だ」

袖が強調した。

「人の心まで抑えるの、忍は」

「でなくば、忍などできぬ」

紅に袖が断言した。

「子供は」

すなおな疑問を紅は口にした。

「組頭が決めた男と番《つが》うことで作る」

「…………」

今度は紅が黙った。

「お武家って、そうなのかねえ」

紅がうなった。

「考えてみたら、あたしのように惚れた男と一緒になるのが当たり前の庶民とは、違うか」

「おまえも武家の女だろうが」

「今はね」

言われて紅は認めた。

「でもね、好きな男のもとに嫁に行くのでなきゃ、こんな面倒なところに来たいとは思わないし、武家なんぞになりたいとも思わない」

紅が言い捨てた。

「町人の考えそうなことだな」

袖が蔑《さげす》むような目をした。

「楽でいいのよ、町人って。お金さえあれば、遊んでもいいし、朝寝坊をしても文句は言われない。仕事が嫌ならば、休んでもいい」

「ふん。だから町人は駄目なのだ」

鼻先で袖が笑った。

「その代わり、明日の保証はないのよ」

口調を紅が重くした。

「働かなければ、お金が入らない。お金がなければお米を買えないのはもちろん、長屋にさえ住めない」

「当たり前だろう、働かざる者喰うべからずは誰にでもつうじる原則だろう」

馬鹿にしながら、袖が言った。

「そうかしら」

紅が小さく笑った。

「お武家さんはそうではないでしょう。先祖の功績で得た禄高にあぐらをかいているだけ」

「…………」

袖は反論できなかった。

「役目に就《つ》いていなくても、明日の米はある。これを甘いと言わずして、なにを甘いと言うのかしら」

「それだけの功績があったから許されているのだ。禄は末代《まつだい》まで誇れる手柄の結果である」

言い返したが、袖の言葉に力がなかった。

「働きもしない子孫の面倒まで見なきゃいけないなんて、殿さまもたいへんよね」

衣服を調えながら、紅が笑った。

「あなたがどこの誰かは知らない。それが武家としての任であろうとも、あたしにはかかわりないことだから。でも、人の命を狙ったことは忘れない」

立ちあがった紅が厳しい目で袖を見下ろした。

「ならば殺せ」

「馬鹿言わないで。あたしは女。女は命を産むもの。命を奪うなんてしちゃいけないの」

「寝言を口にするな。命じられれば、どのようなことでもしなければならぬ。それが掟だ」

紅に袖が言い返した。

「あなたは人の血にまみれた手で、吾が子を抱けるの」

「……っ」

氷のような声で紅が質問し、袖が詰まった。

「聡四郎さんと玄馬さんを殺そうとしたあなたを、あたしは許さない。ただ、聡四郎さんから言われているから介抱しているだけ」

紅がすさまじい顔つきで袖を睨みつけた。

「放っておけばいいだろう」

「だったら、さっさと治ってくれる。放り出してあげるから」

横を向いた袖に、紅が宣した。

四

憤懣《ふんまん》やるかたないといった顔で戻って来た紅を聡四郎は申しわけなさそうな顔で迎えた。

「すまぬな」

「……まったく」

お俠《きゃん》な町娘の昔に返った紅が拗《す》ねた顔をした。

「同じ女だとは思えないわ」

紅が憤慨《ふんがい》していた。

「そういう育ちかたをしたからだろうな」

「違うわ」

育ってきた環境の問題ですませようとした聡四郎を、一言で紅は否定した。

「生まれ育った環境で女が変わるなら、竹姫さまはどうなるの」

「たしかにそうだが、竹姫さまも紅とは違おう」

聡四郎は言った。

三歳で産みの親から離され、江戸の大奥で育てられたのだ。大奥から出たことも数度あるかないかである。竹姫は世間と同じ育ちかたではなかった。

「いいえ、同じよ。竹姫さまは、立派な女。男を愛《いと》おしいと思う心をちゃんと持っているもの」

「なるほど、そういうことか」

ようやく聡四郎は理解した。

「好きな男の子を産み、育てるのが女の望み。竹姫さまも上様の子を欲しがっておられるわ」

「……気の早いことだ。竹姫さまはまだ……」

紅と一緒になって、聡四郎は初めて、女の体調というものを知った。

「月のもののあるなしじゃないの」

あきれた表情で、紅が聡四郎を軽く睨んだ。

「愛しい男か」

聡四郎が苦い顔をした。

「兄の仇と言ってたよね」

紅も思い出していた。

「吾が京で倒した者のなかにいたのだろうな」

「あなたのせいじゃないでしょう」

「そうだ。それにかんしては、後悔もしていないし、詫びるつもりはない。向こうが勝手に襲いかかってきたのを、返り討ちにしただけだ。それを恨まれては、文句も言いたくなるわ」

剣士として聡四郎は、命のやりとりを真剣に考えてきた。刃を向けた以上、斬り殺されるだけの覚悟をしていなければならない。そして、剣士の真剣勝負で遺恨《いこん》を遺すのは、恥とされてきた。負けたのは、己の技量が相手に届かなかったからだ。それを根に持つなど、剣士の風上にも置けない。もちろん、修行をして、堂々と再戦を挑むのは許されるどころか、推奨されている。ただ、掟という理由で、本人以外による復讐を正当なものとしている伊賀は論外であった。

「ではなぜ、あの女を助けたの。まさか……あの美貌に目がくらんだとかじゃないでしょうね」

紅の顔つきが険しくなった。紅も衆に優《すぐ》れた容貌をしているが、袖はそれ以上であった。

「そんなわけあるはずなかろう」

聡四郎は紅の嫉妬《しっと》にあきれた。

「ふん」

紅が納得しなかった。

「あやつを助けたのは、玄馬だ」

「玄馬さんなの……」

思い出すかのように、紅が目を閉じた。

「ううん」

紅がうなった。

「覚えていなくて当然だ。初めての戦いの最中に、他人を見ている余裕などあるまい」

聡四郎は紅を宥《なだ》めた。

「どうかしたの、玄馬さん」

「玄馬は、あの女から斬りかかられたとき、驚いていた」

「……驚く……なぜ」

わからないと紅は首を振った。

「玄馬にあとで問うたところ、あの女の切っ先にはためらいがあったと言うのだ」

聡四郎は述べた。

「ためらい……」

「切っ先にその剣のすべてが出る。憎しみも気迫も哀《かな》しみもな」

難しい表情で聡四郎は語った。

「師入江無手斎《いりえむてさい》先生が、剣の道から退かれた戦いは、憎しみと嫉妬から生まれたものだ」

江戸の剣術遣いの間で、入江無手斎は隠れた名人として知られていた。そこに至るには並々ならぬ修行と、数知れぬ試合があった。その一つに一伝流《いちでんりゅう》浅山鬼伝斎《あさやまきでんさい》との勝負があった。試合には勝者と敗者が出る。入江無手斎が勝者となり、浅山鬼伝斎が敗者となった。負けるはずのない勝負と思いこんでいた浅山鬼伝斎は、入江無手斎の強さを認めず、己が足りないと感じてしまった。そして浅山鬼伝斎が堕《お》ちた。浅山鬼伝斎は、より多くの人を斬ることが、入江無手斎に勝つ唯一の方法だと思いこみ、実践した。人斬りの鬼となった浅山鬼伝斎の再戦を受けた入江無手斎は、生き残った代わりに右手の力を失い、道場を閉めざるを得なくなった。

「命がけの戦いには、因縁《いんねん》が付きものだ」

「……それはわかるわ」

荒くれ人足たちのまとめをしていたこともある。紅も人足同士の喧嘩を見てきていた。喧嘩《けんか》とはいえ、人死にも出た。

「今回の因縁は、吾にある」

「いいえ、上様でしょう」

責任を感じている聡四郎に、紅が告げた。

「……そうだな」

聡四郎は苦笑いを浮かべながら同意した。

「無役でいさせて欲しかった」

七代将軍家継の継承問題が大きくなり始めたころ、聡四郎は勘定吟味役を辞退していた。幕府の金の動きを監視する役目は、次期将軍を狙う者たちにとって大いなる価値があり、聡四郎も権力争いに巻きこまれた。それを嫌った聡四郎は、大奥での騒動で怪我《けが》をしたのを契機に、無役の旗本となっていた。

結局、聡四郎を早くから見こんでいた吉宗が八代将軍となり、御広敷用人へと抜擢された。

「ごめんね」

紅が謝った。紅が吉宗の養女であるために、逃げ出せなかったのはたしかであった。

「違う。それも吾のせいだ。吾が紅を愛おしいと思ったところにつけこまれた」

「……馬鹿」

紅が頬を染めた。

「吾が御広敷用人になっていなければ、伊賀者と争わなかっただろうしな。そうなれば、あの女の兄を殺さずにすんだ」

「それは……」

「わかっている。自己満足でしかなく、贖罪《しょくざい》にもならぬとな」

聡四郎は頬をゆがめた。

「なにより玄馬が殺さなかったのだ。その意志を汲《く》んでやらねばなるまい」

「殺さなかった……あの傷で」

「玄馬がその気ならば、背骨を割っている」

疑問を口にした紅に、聡四郎は答えた。

「ただ、見逃すわけにはいかぬからな。逃げられて、次に襲い来られたとき、被害なく対応できるとは限らぬからな。しばらく動けないていどに斬ったのだ」

「そこまでできるの、玄馬さんは」

紅が目を剝いた。

「剣の腕なら、吾より数枚上だ。もし、水城家の家臣ではなく、入江道場の跡継ぎを選んでいたならば、師をこえただろう」

聡四郎は褒めた。

「さあ、もう休め。まだ傷が痛むだろう」

紅の身体を聡四郎はいたわった。

「……おやすみなさい」

すなおに紅がしたがった。

「二度と傷をしてくれるな。吾が身が斬られるより、はるかに痛いからな」

聡四郎が紅に注意をした。

「いやよ」

あっさりと紅が拒んだ。

「…………」

「あなたが、あたしを見捨てるというなら、そうするわ」

呆然とする聡四郎へ紅が言った。

「できないことを言うな……か」

聡四郎は納得するしかなかった。

「そういうことよ」

勝ち誇ったように紅が笑った。


大奥で天英院が不満を爆発させていた。

「山城帯刀はなにをしていた。竹姫は無事に大奥へ帰って来ておるぞ」

「わたくしもわかりませぬ」

問われた天英院付き上臈《じょうろう》の姉小路《あねこうじ》が首を振った。

「さっさと事情を調べよ」

「はい」

怠慢を叱られた姉小路は、五菜《ごさい》の太郎《たろう》を呼び出した。

五菜は、大奥女中の買いものや使いなどをする男の小者《こもの》であるが、その仕事上、男子禁制の大奥に出入りできた。

「太郎」

「はっ」

大奥の庭先で膝をついて太郎が、姉小路の用件を待った。

「帯刀どのから、なにか報せは」

「御広敷用人と従者が警固に付いていたとだけ」

太郎が答えた。

「それだけか。そのままお方さまへ奏上《そうじょう》しろと」

「……………」

姉小路の剣幕に、太郎が身を縮めた。

「ふざけるにもほどがある。そなた、ただちに帯刀に会い、事情を詳しく聞いて参れ」

怒りのあまりか、姉小路が山城帯刀を呼び捨てにした。

館林藩の家老とはいえ、陪臣《ばいしん》に過ぎない。上臈である姉小路から見れば、山城帯刀は格下である。しかし、山城帯刀は、ひそかにかなりの金額を天英院へと渡している。そのおこぼれを姉小路も受けていただけに、普段は気を遣っていた。その気遣いを姉小路はかなぐり捨てていた。

「天英院さまはお怒りであると、帯刀にしかと伝えい」

「は、はい」

あわてて太郎が駆け出していった。

「ふん」

その姿が消えるなり、姉小路の表情が変わった。

「これだけ怒っておけば、機嫌取りにいくらか献上《けんじょう》してこよう。先日が呉服屋の切手《きって》であった。次は、小間物《こまもの》がよいな。櫛《くし》か笄《こうがい》か。昨今どのようなものが巷《ちまた》で流行《はや》っているか、そなたたちも存じおろう」

供として左右に控えさせていた奥女中を姉小路が見た。

「赤い漆《うるし》の上に金泥《きんでい》で和歌を書いたものなどいかがでしょう」

右に控えていた女中が言った。

「赤地に金泥で和歌とな。読みにくくはないのか」

「すべてを記すのではなく、上《かみ》の句と下《しも》の句に分けて、親しき者と持ち合ったり、いくつかの笄を集めて、一句にしたりするそうでございまする」

女中が説明した。

「なるほどの。それはおもしろいな。当然、和歌を選んでの別誂《あつら》えになろう。名のある職人にさせれば、相当値がはろうな」

姉小路が興味をもった。

「一つ十両はかかりましょう」

「十両か。ちょっとした小袖《こそで》並じゃな。まあ、今度の失敗の罰にはちょうどよいであろうな」

満足そうに姉小路が笑った。

「さて、妾《わらわ》はちと用がある。供はもうよい、局《つぼね》へ戻っておれ」

表情を引き締めて姉小路が手を振った。

「では、失礼をいたしまする」

「ご免くださいませ」

逆らうことなく、二人が去っていった。

「……………」

姉小路は二人とは反対へと一人で足を運んだ。

江戸城大奥には千をこえる女中たちがいた。その女中たちは、身分によって住む場所も三つに分けられていた。上局《かみつぼね》、長《なが》局、裏局である。六代将軍家宣の御台所であった天英院、七代将軍家継の生母である月光院は、別格扱いで御殿と称する広大な局が与えられ、姉小路や月光院付きの松島《まつしま》などの上臈《じょうろう》や年寄《としより》、上級中臈は上局、それ以下は長局、そして目通りのかなわない身分の低い女中たちは裏局に部屋があった。

「松島どのはおられるか」

上局で、己の局とは南北正反対の位置にある松島の局を姉小路は訪れた。

「どうぞ」

すぐに局の襖が開かれ、他人目《ひとめ》を憚《はばか》る姉小路を吸いこむなり、閉じられた。

「松島どの、邪魔をする」

「わざわざのお見え、畏れ入る」

二人の上臈が相対した。

天英院と月光院は、将軍家宣を挟んで正妻と子を産んだ妾の関係にあった。家宣が生きている間は、天英院が覇《は》を張り、月光院を奉公人として下《しも》に扱っていた。しかし、家宣が死ぬと、今度は将軍生母である月光院が天下を取った。こうして角《つの》を突き合わせてきた二人は当然仲が悪い。となれば、そのお付きの女中たちも敵対する。当初、姉小路と松島も、顔を合わせても口をきくことさえなかった。そこに共通の敵が現れた。大奥の経費を削った八代将軍吉宗である。世間と隔絶され、大奥に閉じこめられた女たちの楽しみは、贅沢《ぜいたく》であった。豪勢な食事を摂《と》り、絢爛《けんらん》な衣装や小物で身を飾ることであった。

その楽しみを吉宗は遠慮なく奪った。大奥の費用を吉宗は大幅に減額した。閉じこめられた女だけの大奥で、唯一の息抜きを奪われた。

「二つに割れていたからだ」

天英院と月光院の派を実質仕切っていた姉小路と松島は、吉宗に抵抗できなかった原因に気づいた。

「お方さまたちにはかかわりなし」

水と油でしかない天英院と月光院を和解させるのは不可能である。そこで、姉小路と松島は、表向きは反発し続けている振りをしながら、実務を担当するものとして手を取り合い、吉宗へ抵抗しようとしていた。

「どうかされたのか」

「策が敗れた」

松島の問いに、姉小路が答えた。

「なにをした」

「竹姫を参拝に出し、門限破りをさせようとしたのだが……」

姉小路が苦い顔をした。

「上様は竹姫を目通り禁止にしたのであろう。今更手出しする意味はあるまいに」

「目通り禁止など罪とも言えぬ。あれは隠れ蓑《みの》だ。その証拠に陰供《かげとも》として御広敷用人とその従者をつけていた」

太郎から聞いた話を姉小路は伝えた。

「ふむ。あり得ぬ話ではないな」

松島が納得した。

「失敗とは、どうしたのだ」

「まだ状況はわからぬ。だが、竹姫は無事に戻った」

姉小路が述べた。

「で、失敗をわざわざ教えに来てくれたのか」

「いや、頼みがある」

首をかしげた松島に、姉小路が言った。

「なんだ」

「奥医師を一人捨ててくれ」

「なにを……」

　姉小路の要求に松島が絶句した。

　奥医師とは将軍、その家族、側室などの診察をする幕府医官の最高峰である。現在大奥では、天英院、月光院、竹姫の三人が奥医師の診察を受けていた。もちろん、奥医師たちもどちらに与《くみ》するか決まっており、竹姫だけは、交代で双方の奥医師が担当していた。

「毒を飼うなら、己の局にかかわる者を使え」

　医師と言われた段階で、毒と読めなければ上臈など務まらなかった。松島が拒んだ。

「わかっている。だが、ここで我がほうの医師を使うのはまずいのだ。すぐに上様の知るところとなる」

「だからといって、我らが罪を被《かぶ》る意味はない」

　松島は首を振った。当然であった。今は手を結んでいるとはいえ、もともと敵なのだ。その敵のために、身を削るなどとんでもなかった。

「考えてくれ。すでに我が局は、行列を襲っておる。いわば、上様に喧嘩を売ったのだ」

「………」

無言で松島が先をうながした。

「今度は、月光院さまの派に属する者が竹姫さまを狙えば、上様はどう思う」

「大奥はすべからく敵だと思われような」

「愛しい女の命を外と内で狙われてみろ。男としてはたまるまい。なにせ、守ってやれぬのだからな」

「……なるほど、竹姫の命が惜しくば、大奥に手を出すなと上様に圧力を掛けると」

「そうだ」

理解した松島に姉小路が首肯した。

「……ふうむ」

松島が腕を組んだ。

「愛おしい女を人質にするか。効果あるやも知れぬ」

「やってくれるか」

姉小路が身を乗り出した。

「そちらの失策を補うのだ。その分は考えてもらうぞ」

条件を松島は忘れなかった。

「……わかっておる。上様を屈しさせたあと、四分六の配分でいい」

「それは役職すべてと考えてよいな」

大奥の権は役職にある。大奥の実務を担当する役目を握ったものが、金も手にできる。大奥に出入りするものすべてを支配する表使《おもてづかい》を独占できれば、それこそ思うがままに相手を窮迫させられた。

「すべては強欲であろう。上臈と年寄だけで」

「ではお断りだ。上様によってそちらが潰されても、こちらはよい」

粘ろうとする姉小路へ、松島が冷たく言った。

「……わかった。表使まで譲る」

姉小路が折れた。

「時期は任せてくれよ」

松島が準備期間が要ると告げた。

「できるだけ早く頼む」

姉小路が願いを返して出て行った。

「行ったか」

姉小路を見送った中臈に松島が確認した。

「はい」

「やれ、堕ちたものだ。京の公家一の才媛《さいえん》とうたわれた姉小路が、弱みを晒《さら》すとは」

松島が笑った。

「どうするかの。姉小路の策に乗るか。それとも……上様にこの話を売るか。ここは思案のしどころだな」

笑いを消した松島がつぶやいた。

第三章　長袖の謀略

一

前《さき》の太政大臣《だじょうだいじん》近衛基凞《このえもとひろ》は、京での状況に苦心していた。霊元上皇《れいげんじょうこう》を中心とする二条《にじょう》、鷹司《たかつかさ》、一条《いちじょう》、九条《くじょう》ら、反近衛家の勢力が結束を強めていた。

「幕府に媚《こ》びを売る私曲悪佞《しきょくあくねい》の臣《しん》」

霊元上皇にここまで言われるほど、近衛基凞は朝廷で浮いていた。それは、幕府との親密さが度をこしていたからであった。

なにせ、娘が六代将軍家宣の御台所なのだ。

もっともそれは、近衛基凞の考えではなかった。近衛基凞の娘熙子《ひろこ》は、最初甲府藩主徳川綱豊《つなとよ》の御簾中《ごれんじゅう》であった。徳川の一門に五摂家《せっけ》の姫が嫁ぐのはよくあることで、これによって実家の公家は、相応の経済的援助を受ける。かたや名誉を、かたや金をと両方が満足する婚姻であった。それが五代将軍綱吉の死で変わった。

綱吉には跡継ぎがいなかった。そしてもっとも綱吉に近い血族は甲府の綱豊だった。

綱豊は家宣と名を変え、六代将軍となった。と同時に熙子は御台所、近衛基凞は将軍の舅《しゆうと》となった。

近衛基凞は幕府にとっても重要な人物となり、その後押しを受けて朝廷を牛耳《ぎゆうじ》った。政敵一条家を没落させ、ついに豊臣秀吉《とよとみひでよし》以来公家としては初となる太政大臣の地位を得た近衛家は、ますます幕府と朝廷を近づけた。御台所熙子の指示として、近衛基凞の孫娘尚子《なおこ》を中御門《なかみかど》天皇の中宮《ちゆうぐう》にするなど、近衛家の強引な手腕は、周囲の反発を招いた。とくに武家嫌いの霊元上皇との不仲は、修復できないほどのものとなっていた。

その霊元上皇に好機が訪れた。近衛家の力の源であった家宣が死んだのだ。家宣の死後将軍職を継いだのは、近衛家の血を引いていない家継である。いかに熙子が先代将軍の正室とはいえ、将軍が代われればその権威は薄れる。御台所の地位を失った熙子の代わりに、家継の生母月光院が台頭してくる。霊元上皇は近衛家の力を落とし、朝廷を我が手にするため、月光院と手を組んだ。もう、己の好き嫌いを言っていられる状況ではないと気づいたのだ。

「八十宮《やそのみや》を家継のもとへ」

霊元上皇が皇女八十宮吉子《よしこ》内親王を家継に降嫁《こうか》させると発表した。吉子内親王は霊元上皇の十三女で、まだ生後一カ月でしかなかった。

「冗談ではない」

近衛基凞が顔色をなくした。権力を失った者の末路はよくわかっている。さすがに近衛の無理で、残りの摂家と憎しみ合っているとはいえ、長年の婚姻で重ねた歴史は重い。死罪になることはない。が、近衛基凞は落髪《らくはつ》のうえ仏門《ぶつもん》入り、当主である近衛家凞《いえひろ》は役目を退いて隠居謹《いんきょつつし》みを命じられるのはまちがいない。

「復帰に何年かかるか」

一度権力の座から落ちれば、なかなかもとには戻れない。近衛家がふたたび関白《かんぱく》や太政大臣の席に返り咲くのは相当先、いや難しいと言わざるを得ない。

「思いどおりにさせてたまるか」

近衛基凞は八十宮の降嫁に大反対した。

「天皇家の姫を将軍に降嫁させた例はございませぬ」

前例を盾に近衛基凞が反論した。

事実は強い。過去六代の将軍がいたが、誰一人内親王を御台所にしたものはいなかった。かろうじて四代将軍家綱《いえつな》が、伏見宮《ふしみのみや》から浅宮顕子《あさのみやあきこ》女王を迎えているとはいえ、親王家の姫でしかない。

「朝廷と幕府の親和を深くするべきだと、常々口にしているのは卿《きょう》ではないか」

近衛基凞の言葉に、他の摂家が言い返した。

「……………」

日頃の言動に掣肘《せいちゅう》を受けた近衛基凞は一瞬詰まったが、すぐに立ち直った。このていどでひっこむようでは公家などやっていられなかった。

「これ以上武家に大きな顔をさせるおつもりか」

「幕府にすり寄る前の太政大臣どのとは思えぬお話だの」

一条兼香《かねよし》が嘲笑を浮かべた。

「皇女さまにご降嫁いただくことで、幕府に恩を売り、朝廷への崇敬をさらに厚くする良策であろう」

「これは朝廷への忠義で人後に落ちぬと自負されている一条どのにしては、お考えの浅い」

自慢げに胸を張った一条兼香を近衛基凞が挑発した。

「なにを。浅いと言われるか」

一条兼香が怒った。

「さよう。御皇女さまでござるぞ、八十宮さまは。もし、八十宮さまが男子をお産みになればどうなさるおつもりだ」

「次の将軍とするだけじゃ」

問う近衛基凞へ、一条兼香が言い放った。

「明正《めいしょう》天皇の一件を忘れたか」

冷たい声を近衛基凞が出した。

明正天皇は、後《ご》水尾《みずのお》天皇と中宮和子《まさこ》の間に生まれた皇女である。女系天皇として七歳で即位、二十一歳で弟の後光明《ごこうみょう》天皇に譲位するまで、至高の地位にあった。母中宮和子が徳川秀忠《ひでただ》の娘であったことからわかるように、幕府の圧力で無理矢理即位させられた女帝であった。

「なにを……あっ」

一条兼香が震えた。

「その子を天《あま》の日嗣《ひつ》ぎにするというか。そのようなまね、我らが許さぬ」

八十宮は霊元天皇の皇女である。当然、その子は霊元天皇の孫にあたる。一条兼香が強く首を振った。

「明正天皇のとき、先祖たちが反対しなかったとでもいうのか」

「……………」

近衛基凞に言われた一条兼香が黙った。

公家たちの猛反対を幕府は武力と金で押しつぶし、明正天皇の即位を強行した。

「今度は大丈夫だと言いきれるのか」

「それは……」

「ううむう」

厳しい目で見回された他の摂家当主たちが詰まった。

「歴代、皇女を将軍家に与えなかったのは、このため。今上に武家の汚れた血を入れぬためだ」

近衛基凞の独壇場であった。

「しかし……」

押し切られそうになった霊元上皇が、口を開いた。

「皇女降嫁の一件は、こちらからもちかけたのだ。話がなってからなかったことになどと言えぬ」

上皇の言葉を取り消すなどすれば、朝廷の権威は落ち、幕府との仲は取り返しのつかないほど悪くなる。それこそ、上皇の側近の公家がまとめて流罪にされかねなかった。

「ときを稼ぐしかございますまい。幸い八十宮さまはまだご当歳。江戸への旅に耐えられませぬ。三歳になるまではどうにかできましょう」

「三歳か。それ以上は無理か」

「竹の前例がございまする。今、五代将軍綱吉の養女として大奥にいる竹は、三歳で京から江戸へと下りました。これを前例と言われれば、拒めませぬ」

霊元上皇の願いを、近衛基凞は潰した。

幕府以上に朝廷は前例を重視していた。当たり前である。公家の官位は前例に基づいているのだ。父が関白だから息子も関白になれる。羽林《うりん》の家柄だから右大臣《うだいじん》にまで上がれるなど、すべて前例なのだ。前例を否定するのは、己たちの立ち位置を失うことであった。

「あと二年しかないではないか」

「二年もございまする」

焦る霊元上皇を近衛基凞がなだめた。

「皇女を正室に迎える。この意味を幕府はわかっておりませぬ。それをまず報せましょう」

「どういうことか」

霊元上皇が首をかしげた。

「簡単でございまする。御皇女を迎えた以上、側室を設けるなど論外。不敬であると」

「……」

わからぬと霊元上皇が首をかしげた。

身分ある姫を嫁に迎えるおり、側室たちを放逐するのは武家ではままあった。もちろん、妻の実家が格上でなければならないが、主君の姫をもらうときなどは、そうしなければならなかった。これは、その姫が産んだ子供以外跡継ぎにさせないとの意思表示であり、忠義の一つであった。したがって、大名同士の婚姻などでは主従関係がなりたたないため、おこなわなくても問題はない。

「八十宮さま以外の側室をおくなと朝廷が命じまする」

「それでどうするのだ」

疑問を霊元上皇が呈した。

「そうしておいて少しずつ八十宮さまご病弱の噂を流せばよろしい」

「なるほど」

一条兼香が手を打った。

「病弱となれば、お子さまをお産みになれないかも知れぬ。そう幕府に思わせるのだな」

「さよう」

近衛基凞がうなずいた。

「将軍はまだ幼い。そのようなことを気にもかけないでしょうが……」

将軍といえどもまだ就任したばかりの家継は、従二位《じゅにい》でしかない。前《さき》の太政大臣とはいえ、正一位の近衛基凞が格上になる。口調がぞんざいであっても問題はなかった。もっとも金、権、力において、近衛基凞は家継の足下にも及ばない。

「執政どもが気にするか」

霊元上皇が理解した。

「直系相続なればこそ、三代将軍家光《いえみつ》の寵臣《ちょうしん》松平伊豆守《いずのかみ》は四代将軍家綱の御世でも権を振るえました。対して、五代将軍綱吉のもとで絶対者であった柳沢吉保《やなぎさわよしやす》は、六代将軍家宣の御世では消えるしかなかった。どころか、四代将軍家綱の大老酒井《たいろうさかい》雅楽頭《うたのかみ》にいたっては、生き残ることさえ許されなかった。間部越前守詮房《まなべえちぜんのかみあきふさ》あたりが、辛抱できますまい」

近衛基凞が述べた。

四代将軍と五代将軍は兄弟、五代将軍と六代将軍は叔父甥の関係で、直系ではなかった。そのため、先代の寵臣はすべて粛正されて新しい者にとってかわられていた。そして間部越前守は、幼い家継の傅役《もり》として幕政を牛耳っている当代の寵臣である。もとは六代将軍家宣のもとで能役者《のう》をしていた身分低い者であった間部越前守は、家宣にその優秀さを見いだされ側近に抜擢、ついに世継ぎであった家継の傅《ふ》育《いく》まで任されるようになった。そして家継が将軍になるとますますの出世をとげ、若年寄にまでのぼっていた。

「なるほどの」

「あとは、こちらから宮さま蒲柳《ほりゅう》の質につき、ご降嫁を見合わせると申してやればよ」

「飛びついてくるか」

霊元上皇が納得した。

「さすがは幕府の内情に詳しい前の太政大臣である」

満足そうに霊元上皇が褒めた。

こうして、近衛基凞の朝廷での生き残りはなったかに見えた。しかし、ことは思わぬ破綻を迎えた。

婚約からわずか二カ月、皇女八十宮と将軍家継の婚姻がご破算《はさん》となった。将軍家継が八歳で急死してしまったのだ。

「もう少し生きておらぬか。根性のない」

話を聞いた近衛基凞が家継を罵《つい》った。朝廷における近衛基凞の手柄となるはずだった皇女八十宮降嫁破談策が潰えた。それは、近衛基凞が霊元上皇へ売れるはずだった恩の喪失でもあった。

いやかえって悪かった。

「皇女八十宮さまにおかれては、将軍家と御婚姻を約されておられた。朝廷と幕府の間を強固とするはずであった婚姻の破綻は避けるべきである」

すでに直系相続などなくなっている。幕府に遠慮はなかった。家継の御世で権を誇った者たちは、力を失い、消えていくのを待つだけとなっている。新たな将軍家にとって、すでに家継は利用するだけのものでしかなかった。

幕府は朝廷が皇女を降嫁させようとした意味を読んでいた。

「家継さまと皇女八十宮さまは、すでに夫婦と考えておりまする」

それを逆手《さかて》にとって、幕府は朝廷へ釘《くぎ》を刺した。そう、幕府は八十宮を死した家継の花嫁にしろと言ってきたのだ。婚約をまだ破棄していない間に相手が死んだ場合、女は後家となる。名門のあいだではままあることであった。もちろん、抜け道はある。死んだ婚約者よりも身分が上の家へ嫁げばいいのだ。竹姫に二度目の婚約ができたのは、これのおかげであった。最初の婚約者である会津保科松平家の嫡男より、二度目の婚約者である有栖川宮のほうが格上になったからだ。とはいえ、八十宮の場合は、将軍が相手なのだ。将軍以上となれば、五摂家の当主で太政大臣以上の職にある者、あるいは天皇家でなければ許されない。五摂家などは、当主となる前に婚姻をなすことが多い。つまり、実質八十宮は、死ぬまで再婚できない。

「なにを……八十宮を後家にするだと。まだ、三カ月の幼女だぞ」

幕府の指示に霊元上皇が激怒した。

「撤回を求めるべきである」

一条兼香らも憤慨したが、幕府へ強硬な態度を取るだけの肚もなく、ことはそのまま決まってしまった。

幕府には文句が言えない。となれば、朝廷における幕府の代弁者、近衛基凞へ憎しみが行くのは道理であった。

ようやく見えていた霊元上皇との和解は吹き飛んだ。だけでなく、近衛家は一層朝廷で大きく浮き上がってしまった。

「やむをえぬな」

近衛基凞が覚悟を決めた。

「豊臣の例もある。武力を背景に近衛家を五摂家上席、世襲制の関白とするしかない。そうせねば、近衛家はなくなる」

「そのようなことができましょうや」

息子の近衛家凞が問うた。

「幕府の力を借りればできる。豊臣秀吉などという出自さえわからぬ下賤《げせん》の者が、氏《うじ》の長者になり、代々関白を世襲できるようになったのも、武力が背景にあったからだ」

「それはわかっておりまする」

父の言いぶんを息子は認めた。

「問題は別のところにございましょう。幕府が我が家にそのような力を貸してくれましょうや」

近衛家凞の疑問はもっともなものであった。

「今の将軍家は、厳しいお方だと」

大奥にいる天英院とは実の兄妹である。江戸の状況はよく知っていた。

「吾に秘策がある」

強く近衛基凞が胸を張った。

「秘策でございまするか」

「少し出かけてくる。心配せずともよい。そなたは父にすべてを任せておればよい」

懸念する息子を残して、近衛基凞が屋敷を出た。

二

御所に近い近衛家の屋敷を出て、まっすぐ南下すれば、西洞院三条《にしのとういんさんじょう》は近い。近衛基凞は供の雑仕《ぞうし》を一人だけ連れて、西洞院三条にある紀州家京屋敷を訪れた。

「これは前の太政大臣さま」

不意の来訪に京屋敷を預かる用人久能内記《くのうないき》が慌てて玄関へ膝をついた。

「不意にすまぬな」

「とんでもございませぬ。前の太政大臣さまのお見えは、我が紀州家の誉《ほま》れでございまする。ささ、このような玄関先では畏れおおございまする。どうぞ、奥へ」

久能内記が先に立って、近衛基凞を客間へと案内した。

幕府は諸大名が天皇と会うのを嫌がった。参勤交代の通路に京があっても、休憩、宿泊しないのが大名の心得とされている。藩主の泊がないにもかかわらず、京屋敷が設けられたのは、朝廷との交渉のためであった。

基本、大名たち武家の官位は、令外《りょうげ》とされる。毛利《もうり》家の大膳大夫《だいぜんだいぶ》を例にとると、本来大膳大夫は天皇家の食事を調整する役所の長官である。だが、実際は毛利家はなにもしてはいない。名前だけのものなのだ。官位は権威であり、自家の正統性を証明するものでしかなく、越前守だからといって、越前を支配しているわけではない。

基本、武家の官位は幕府が時期ごとに各大名や旗本の願いをまとめて、朝廷に奏上している。通常、願いどおりの結果が与えられるが、なかには拒まれることもあった。一応、官位にかんしては朝廷の専権事項であり、幕府もよほどでないかぎり、口出しをしない。

とはいえ、これは名誉であり、同時に伝統であった。先祖代々許されてきた官位というのがあり、それを受け継いでいくのが子孫の仕事でもある。毛利家の大膳大夫、島津《しまづ》家の薩摩守、上杉《うえすぎ》の弾正大弼《だんじょうだいひつ》などは、とくに知られている。その名乗りをもらえなければ、先祖に及ばないと判断され、当主が恥を掻《か》く。

朝廷の気分次第で当主の面目《めんぼく》が失われる。そうならないよう諸藩は京に屋敷を設け、朝議に影響のある公家たちの機嫌を取り、利便をはかってもらおうとした。

なかでも御三家においては、京屋敷の意味は大きかった。

御三家のなかで尾張《おわり》と紀州は、権大納言《ごんのだいなごん》にまでのぼれるとされていた。だが、歴代の当主のほとんどは、権中納言どまりで、死後権大納言を贈られることが多かった。事実吉宗でさえ、紀州藩主のときは権中納言であった。

権中納言では、御三家のなかで格下とされる水戸家と同格でしかない。神君家康公の直系として恥ずかしくないだけの格を求めなければならない。紀州家と尾張家が他藩よりも大規模な屋敷を京に構えた理由であった。

当然ながら、紀州藩の京屋敷を任されている用人は、気難しく強欲な公家たちをあしらえるだけの人材でなければならず、久能内記も壮年の世俗《せぞく》に長《た》けた人物であった。

「お待たせをいたしましてございまする。ちょうど、伏見から名の知れた酒が届きまして、是非前の太政大臣さまにお味見をお願いいたしたく」

久能内記が酒と料理を手早く用意した。

「すまぬな」

遠慮なく近衛基凞が、飲み食いした。

「馳走《ちそう》であった」

「お口汚しをお許し下さいますよう」

深く久能内記が頭を下げた。紀州家では家老に次ぐ地位とはいえ、朝廷では無位無冠でしかない。近衛家の門番や庭を掃除する小者たちでも従七位くらいはもっているのだ。それよりも久能内記の身分は低い。本来ならば、近衛基凞と直接口をきくことさえできないのだ。

「さて、ちと頼みがある」

「なんなりとお申し付け下さいませ」

話を切り出した近衛基凞に、久能内記が姿勢を正した。

「浄円院《じょうえんいん》のことを知りたい」

「……浄円院さま。上様の御母堂《ごぼどう》さまの」

「そうだ」

久能内記の確認に、近衛基凞がうなずいた。

「失礼ながら、わけをお伺いしても」

予想外の要望に、久能内記が問うた。

「参議《さんぎ》は、天下をお望みではないのか」

「……………」

言われた久能内記が沈黙した。

参議とは、吉宗の後に紀州藩主となった徳川宗直《むねなお》のことである。吉宗の従兄弟《いとこ》にあたる宗直は、紀州の支藩西条《さいじょう》松平家の当主で、吉宗が実子すべてを連れて和歌《わか》山《やま》を離れたため、紀州家を継いだ。

「なんのことでございましょう」

立ち直った久能内記がとぼけた。

「公家に隠し事は効かぬと知っておろう。武家に力で牛耳られてきた我ら公家は、平家以来、その顔色を読むことで生きてきたのだ。いわば身についた本能である。それをたかが用人風情がごまかせるとでも思うのか」

不機嫌な顔を近衛基凞が見せた。

「ご無礼をいたしましてございまする」

久能内記が詫びた。

「天下を参議のものとする手立てがある」

「それが浄円院さまだと」

「そうだ」

強く近衛基凞が首を縦に振った。

「たとえ生母さまであろうとも、あの上様なら遠慮なくお見捨てになられまする」

無理だと久能内記が否定した。

「人質としての価値など、浄円院にはない」

わかっていると近衛基凞が告げた。

「では、どうして……」

「浄円院の出自を知っておるか」

首をかしげた久能内記に近衛基凞が訊いた。

「藩士巨勢《こせ》八《はち》右衛《え》門《もん》利清《としきよ》の娘とされておりまするが、そのじつは名もなき百姓の娘だとか。お城に奉公にあがり、湯殿《ゆどの》係をしていたときに、二代藩主光貞《みつさだ》さまのお手がつき、上様を孕《はら》まれました」

久能内記が知っていることを語った。

「やはり、そのていどか」

近衛基凞が嘲笑した。

「……どういう意味でございましょう」

「紀州のなかでは、隠しきれているのだな」

「なにを隠していると……」

「家宣どのが、最後まで将軍は尾張にとこだわられた理由を紀州は報されていないということだ」

「畏れ入りまするが、お話の意味がわかりませぬ」

「さすがは幕府よな。同じ家中でさえ知らぬことを調べあげている」

「前の太政大臣さま」

説明を求める発言を無視して、一人感心している近衛基凞に久能内記が、詰め寄った。

「久能、そなたは参議どののお引き立てか」

不意に近衛基凞が問うた。

「……いいえ」

久能内記が戸惑いながらも否定した。

「吉宗どのに命じられて京に来たと」

「それがなにか」

猜疑《さいぎ》の表情を久能内記が浮かべた。

「この話を知る資格がそなたにはなさそうだ」

近衛基凞が立ちあがった。

「お待ちを」

久能内記があわてて止めた。このまま帰しては、今後のつきあいに支障が出る。

「わたくしは紀州の家臣でございますれば、上様ではなく参議に忠誠をつくしております る」

「まことに」

すがる久能内記へ、近衛基凞が確認した。

「偽りなどございませぬ。わたくしは、上様にお連れいただけなかった者でございますれば」

久能内記が顔をゆがめた。

藩主吉宗を将軍とした紀州藩だったが、その藩士たちは大きく明暗を分けた。

加納近江守同様吉宗に引き連れられて旗本となった者と、そのまま紀州藩士として残された者であった。

本来御三家は、将軍家に人なきとき、当主を差し出せと神君家康によって定められている家柄であった。これは、同じ家康の息子を祖とする越前松平家には、与えられていない名誉であり、格である。つまり、紀州藩などの御三家は、徳川将軍家の身内衆であり、家臣ではないとの位置づけなのだ。御三家の家臣たちも、陪臣ではなく、直臣《じきしん》格として扱われるなど、特別な家柄としての誇りは主従ともにもっていた。

将軍家お身内衆として分家した御三家である。当主を将軍として差し出せば、その役割は終わる。当主がいなくなるのだ。藩として成りたたない。当然、紀州の藩士たちは、当主である吉宗に付いて、旗本に戻るはずだった。いや、そう思いこんでいた。

だが、吉宗は最低限の家臣だけしか、連れてでなかった。

紀州藩を幕府に吸収させるわけにはいかなかったのである。

もともと紀州藩は、家康の十男頼宣《よりのぶ》から、東海道のほぼ中央にある枢要で裕福な駿河《するが》を取りあげるために、二代将軍秀忠《ひでただ》が押しつけたものであった。豪儀《ごうぎ》なる武将よと家康から愛され、その隠居城、領地、家臣たちすべてを与えられた頼宣に秀忠は嫉妬した。本来、枢要な地から遠隔地へ動かすときには、その代償として、加増するのが普通であった。しかし、秀忠は頼宣に一石も与えず、裕福な駿河から、根来寺などを抱え、治世の難しい紀州へと追いやった。温暖な駿河の実収は表高の数倍あった。それが表高にも及ばない紀州へ移されたのだ。とてもやっていけるはずはない。紀州藩は、設立当初から借財にまみれた。

このままでは潰れる。兄たちの続いた死によって紀州藩主となった吉宗は、思いきった倹約をおこない、かなりの借財を減らしはしたが、完済できてはいなかった。

そのとき、吉宗に将軍就任の話が舞いこんだ。

「紀州藩をなくせば、その借財も幕府は負わなければならない」

金を貸している商人にとって、藩が潰れたならばあきらめもつくが、幕府に吸収となれば話は別だ。取り立てる相手が代わっただけである。さらに将軍には矜持がある。借金を踏み倒したなどと商人たちから言われては、面目が立たない。紀州を幕府直轄領にするならば、その借財は幕府が引き受けなければならなくなる。

幕府を立て直すために、吉宗は将軍になったのだ。それが、一層幕府の財政を悪化させるわけにはいかない。こうして吉宗は紀州藩を残した。

「上様のご決断を幕府は諸手《もろて》を挙げて歓迎し、名君だと讃えました」

ごく少数の近臣しか連れてこなかった吉宗を、執政たちは称賛《しょうさん》した。当然であった。もし、吉宗が紀州藩士全員を連れて来れば、そのなかから執政を選び、己たちを罷免《ひめん》しただろうからだ。

「ですが、残された我らは落胆しました。もともと御三家の家臣たちは、家康さまの信頼厚い旗本ばかりだった。なまじお近くにいたからこそ、見こまれてご子息を預けられた。それが、徒《あだ》になった。我らの先祖は、今、老中でござい、若年寄でございと胸を張っている連中より、誇らしい手柄をたてた者ばかり。それが、御三家家臣として直臣格に落とされた。そこから、ようやく復帰できる。先祖が血の涙を流して望んだ旗本に戻れる。その夢が潰《つい》えた」

語っているうちに久能内記に熱が入った。

「残された紀州藩士すべてが、上様をお恨みしていると言ってまちがいございません」

久能内記が言い切った。

「すべてではあるまい」

「……」

冷静に言い返されて久能内記が沈黙した。

「置いていく家臣たちの憎悪が、己に向くくらい想像できぬほど愚かか、吉宗どのは」

「……いいえ」

久能内記が認めた。

「であろう。少なくとも、紀州に一定以上の腹心を残しているはずだ。たとえば……」

「御庭之者」

「……」

無言で近衛基凞がうなずいた。

「でなくば、足下からすくわれかねぬからな。吉宗どのには敵が多い。まあ、かく言う麿《まろ》もそうである」

「卿……」

はっきりと宣した近衛基凞に、久能内記が驚いた。

「なにせ、麿は天英院の父じゃからな」

近衛基凞が笑った。

「はあ」

久能内記が返答に困った。

「さて」

ふたたび近衛基凞が表情を引き締めた。

「恨みを晴らす気はあるな」

「もちろんでございまする」

強く久能内記が応えた。

「復讐はかならず吾が身に返ってくる。その覚悟もできているか」

「はい」

久能内記が首肯した。

「よかろう」

近衛基凞が声を潜めた。

「これは家宣公が幕府隠密《おんみつ》に調べさせたものだ」

「……ごくっ」

大きな音を立てて、久能内記が唾《つば》を呑んだ。

「吉宗の母浄円院の出はわからぬ」

「わからぬでございますか」

拍子抜けした顔で久能内記が繰り返した。

「どこで生まれ、誰が父親で、百姓だったのか、武家だったのかも不明だそうだ」

「はあ」

「また紀州の出ではなく、和歌山には母子二人巡礼の旅で来たらしい」

近衛基凞が続けた。

「巡礼……珍しい話ではございませぬな」

久能内記が言った。

和歌山には熊野大社《くまのたいしゃ》をはじめ、高野山《こうやさん》など、人々の崇敬を集める場所が多い。伊勢神宮にも近く、西から伊勢へ向かう者のなかには、熊野大社を経て伊勢へと旅する者もいる。

「ふざけているのか」

近衛基凞が機嫌の悪い声を出した。

「紀州に巡礼が来るのは、熊野、高野山だけではあるまい」

「……」

なんとも言えない表情で、久能内記が黙った。

「紀州には隠れキリシタンがおるの」

「それは……」

問い詰められて久能内記が詰まった。

「キリシタン大名だった筒井定次《つついさだつぐ》の領国伊賀、高山右近《たかやまうこん》の出自である大和《やまと》、そしてやはりキリシタンであった黒田長政《くろだながまさ》の初領和泉《いずみ》。戦国乱世、キリシタンが多かったところばかり。そのどれとも紀州は境を接している。家康による禁令で、改宗を拒んだキリシタンたちは土地を追われた。その者たちがどこへ逃げたか。世間の目がある京大坂ではない。徳川の領地だった尾張でもない。となれば残るは当時豊臣恩《おん》顧《こ》の浅野《あさの》家が領していた……」

じっと近衛基凞が久能内記を見た。

「……紀州しかあるまい。国境をこえれば、深い紀州の山、とても人を探せるような場所ではない。また、長く織田信長、豊臣秀吉を悩ましたことからわかるように紀州は、領主への反発が強い土地だ。幕府の命を受けた領主が、多少探したくらいでは見つかるまい」

近衛基凞が述べた。

戦国のころ、九州に上陸したカトリックは、少しずつながら拡《ひろ》がりを見せていた。それでも九州から長府《ちょうふ》辺りまでで滞っていたカトリックを一気に大きくしたのが、織田信長であった。既存の仏教、とくに一向宗徒や日蓮《にちれん》宗徒に手を焼いていた信長は、その対抗策として新興のカトリックを選び、手厚く保護した。進んだ南蛮《なんばん》の文明を手に入れるためというのもあったが、信長の庇護《ひご》を受けて、カトリックは瞬《また》く間に近畿《きんき》を席巻《せっけん》した。京には南蛮寺が建ち、信徒も万をこえた。信長の配下の武将でもカトリックに帰依《きえ》してキリシタン大名となる者も続出した。

カトリックが日本古来の宗教と肩を並べるだけの勢力となりかけたとき、本能寺の変が起こった。織田信長が、家臣明智光秀《あけちみつひで》の謀叛で殺されてしまったのだ。

最大の庇護者を失ったカトリックに不幸が続いた。信長の跡継ぎとなった羽柴《はしば》秀吉、のちの豊臣秀吉から睨まれた。何人かのカトリックの司祭《しさい》が、日本人を奴隷として海外に売り飛ばしていたと知った秀吉が激怒、伴天連《バテレン》追放令が出された。信者は咎めないが、司祭や司教《しきょう》の滞在は許さないとした秀吉の法令は、天下が家康に移るとさらに厳しいものとなった。キリシタン禁教令である。

人の上に神を置く。主君をなによりのものとし、天下を忠誠で支配しようと考えた家康にとって、カトリックは一向宗徒同様、大いなる敵となりかねないものであった。そこで、家康はカトリックを取り締まった。

信長や高槻《たかつき》城主だった高山右近、大和郡山《こおりやま》城主から伊賀上野《うえの》城主となった筒井定次らの保護で増えていたキリシタンたちは、弾圧で次々と棄教した。が、なかには信仰を捨てず、隠れる者もいた。京や大坂のキリシタンたちが、幕府の目の届きにくい紀州へ逃げたのは当然であった。

「知っているはずだ」

じっと近衛基凞が久能内記を睨んだ。

「……はい」

久能内記が認めた。

「今では、ほとんどおりませぬ」

間を挟むことなく、久能内記が告げた。

「わかっておる」

建前はわかっていると近衛基凞が手を振った。

「で、最初の巡礼の話に戻るが……」

「卿は、浄円院さまが隠れキリシタンだと」

「さあの」

震える久能内記に、近衛基凞は笑ってみせた。

「信仰は人の心のなかじゃ。親子といえどもわからぬ」

「えっ」

久能内記が唖然とした。

「浄円院さまは、隠れキリシタンではございませぬので」

「誰もそのようなことを言ってはおらぬぞ」

近衛基凞が平然としていた。

「では、なんのために、隠れキリシタンのお話をなさいましたのでございましょうや」

わからぬと久能内記が訊いた。

「本気でわからぬのか」

今度は近衛基凞が驚いた。

「…………」

「やれ、見誤ったかの。我ら公家衆と交渉をするだけの器量があると思ったのはまちがいだったようじゃ」

黙った久能内記に近衛基凞があきれた。

「お教えを」

久能内記がすがった。

「己で気づかぬような者を遣う気はない」

冷たく近衛基凞が言い捨てた。

「無駄なときを喰ったわ」

近衛基凞が立ちあがった。

「卿……」

「無礼であろう」

なおもすがろうとする久能内記を近衛基凞が叱りつけた。

「申しわけございませぬ」

前の太政大臣、朝廷の実力者を怒らせるようでは、京屋敷の用人などできなかった。あわてて久能内記が詫びた。

「ふん」

許すとは言わず、近衛基凞が客間の襖を開けようとした。

「畏れながら」

すっと襖が開けられ、廊下に平伏していた若い藩士が近衛基凞へ声をかけた。

「何者だ」

「これ、聖《ひじり》、控えよ」

近衛基凞の誰何《すいか》に押し被せるよう、久能内記が注意を与えた。

「麿の問いを邪魔するな」

口出しした久能内記を近衛基凞が怒鳴った。

「へへっ」

上げかけていた顔を、ふたたび床へこすりつけて久能内記が身を縮めた。

「誰だ、そなたは」

「紀州藩京屋敷詰め使者番聖内匠《たくみ》と申しまする」

若い藩士が名乗った。

「使者番だと。身分卑しき者ではないか。その使者番が、麿《まろ》の行く手を遮ると」

「畏れながら、先ほどのお話、わたくしめがお受けさせていただきたく、お願い申しあげまする」

近衛基凞の怒りを受け流して、聖内匠が言った。

「聖、やめんか」

厳しく久能内記が制した。

「麿の言いたいことがわかったというのだな」

「はい」

久能内記を置き去りに二人が会話を始めた。

「申してみよ」

近衛基凞が促した。

「真実、隠れキリシタンかどうかなどは問題ではない。ただその疑いがあれば……」

最後までは口にしなかったが、聖内匠は述べた。

「……なかなか」

満足そうに近衛基凞がほほえんだ。

「気に入ったぞ。聖と申したの。そなた、麿が屋敷への出入りを許す。ときどき来るがいい」

「畏れ多いお言葉」

恐縮して聖内匠が廊下に額をこすりつけた。

「ではの」

近衛基凞が玄関へと向かった。

「お見送りを。聖、そなたはそこにおれ」

言いつけて、久能内記が近衛基凞の後を追った。

三

しばらくして戻ってきた久能内記が、廊下に座ったままの聖内匠を見下ろした。

「愚か者が」

「どちらがでございましょう」

罵倒する久能内記へ、聖内匠が嘲笑を浮かべた。

「前の太政大臣さまのお心もわからぬお方に、愚かと言われる筋合いはございませぬ」

聖内匠が嘯《うそぶ》いた。

「……情けない。若いとは思っていたが、ここまで浅いとは」

久能内記が嘆息した。

「無礼でございましょう。上役とはいえ、聞き捨てなりませぬぞ」

「阿呆」

むっとした聖内匠を久能内記が怒鳴った。

「儂が前の太政大臣さまが何を求めておられるか、気づいてないとでも思ったのか」

「……えっ」

聖内匠が驚いた。

「上様のご母堂さまに隠れキリシタンの濡《ぬ》れ衣《ぎぬ》を着せろ。そう言われていたことくらい、わかっていたわ」

久能内記があきれた。

「ではなぜ……」

「紀州家を潰すつもりか」

訊いてくる聖内匠へ、久能内記が怒声をぶつけた。

「……」

「わからぬか。よくそれで、口を挟んだものよ」

久能内記が氷のような目で聖内匠を見た。

「浄円院さまはなんだ」

「なんだ……上様のご母堂さまでございまする」

「そうだ。それは同時に二代藩主光貞さまの側室であるということ」

「……それがなにか」

聖内匠が首をかしげた。

「よくこれで京屋敷などに配したな。国元はなにも考えておらぬ」

大きく久能内記が首を振った。

「よいか。もし浄円院さまが隠れキリシタンだとすれば、光貞さまにもその罪は及ぶのだぞ」

「………」

「聡《さと》い振りをしていながら、鈍《にぶ》い奴だ。考えろ。浄円院さまが、隠れキリシタンだと知らずに、手を出したならば迂闊《うかつ》、知っていたならば御法度」

「あっ」

ようやく聖内匠が気づいた。

「浄円院さまは、紀州藩にとって諸刃《もろは》の剣なのだ。上様を刺せる武器でありながら、同時に光貞さままで傷つける」

「前の太政大臣さまは、おわかりのうえ……」

「当たり前だ。公家など人をごまかすことで生きてきた連中だ。でなくば、とっくに武家によって滅ぼされている」

久能内記が息を吐いた。

「浄円院さまが、隠れキリシタンだった。そうなれば、上様は母を磔《はりつけ》にした上、将軍をお辞めになるしかない。と同時に紀州藩は、隠れキリシタンを匿《かくま》い、藩主の側室にして、子まで産ませていた。そう言われるぞ。さて、どうなる」

幕府の法度のなかで、もっとも重いのが謀叛である。そしてそれに続くのが、キリシタン禁教令であった。

「紀州藩は潰される」

「そうだ」

「まさか……紀州は御三家で」

聖内匠が抵抗しようとした。

「御三家だからと見逃してもらえるなら、松平忠輝《ただてる》さま、徳川忠長《ただなが》さまは罪に問われていまい」

松平忠輝は家康の、徳川忠長は秀忠の息子であった。共に幕府への謀叛を口実に、家を潰され流罪となっていた。ちなみに松平忠輝は流刑地で天寿《てんじゅ》をまっとうできたが、徳川忠長は預けられた高崎《たかさき》で自害を強《し》いられ、若くして死んでいた。

「なにより、浄円院さまを隠れキリシタンとして売るのだ。上様のお怒りは紀州藩に向かおうが」

「ああああ」

事態を理解した聖内匠が頭を抱えた。

「責任を取れよ」

「……どういたせば」

聖内匠が問うた。

「儂に振るな。儂にはかかわりのないことだ」

久能内記が突き放した。

「そうは参りますまい、久能どのは、京屋敷のご用人」

逃がさぬと聖内匠が迫った。

「あいにくだな。朝廷の大物、前の太政大臣近衛基凞さまより嫌われた儂を、京屋敷に置いておくわけにはいくまい」

「まさか……」

「儂は用人を辞し、和歌山へ戻る」

久能内記が宣した。

「それはあまりに無責任でござろう」

「ふん。人を阿呆扱いしておきながら、今更なにを」

聖内匠が最初に見せた勝ち誇ったような顔を久能内記は忘れていなかった。

「……お詫びいたしまする」

聖内匠が頭を下げた。

「そなたが、要らぬ口出しをしたために、紀州藩の命運は前の太政大臣さまの手に握られてしまった。浄円院さまが隠れキリシタンでなくとも、もう紀州藩士がそうすると言ってしまったのだからの」

「……………」

音を立てて聖内匠の顔から血の気が引いた。

「どうすれば……」

「知らぬ」

「そんな……」

拒まれた聖内匠が呆然とした。

「そう言いたいところだが、藩を潰すわけにもいかぬ。一つだけ助言してやる」

久能内記が言った。

「引き延ばせ。できるだけ近衛家には近づくな。呼び出されても理由を作って逃げろ」

「では、わたくしが紀州へ戻れば……」

「できるわけなかろう。そなたが己から売りこんだのだ。それが紀州へ戻るだと。それこそ、紀州藩にそなたを京に置いておけない理由があると教えることになるぞ。本当に浄円院さまが隠れキリシタンであったと言うようなものだ」

「……」

聖内匠が沈黙した。

「自害もできぬ。そなたが死ねば、そこにつけこんでくる。それが公家というものだ。官位などという実体のないもので大名に恩を売る連中だ。どこからでも食いついてくるからな」

「ひっ」

続けざまに言われて聖内匠が怯えた。

「なんとか、お留まりを願えませぬか」

助けてくれと聖内匠が泣きついた。

「儂が辞めるのもときを稼ぐためだ。京屋敷を動かすのは用人だ。その用人が空席の間は、出歩くわけにも行くまいが。儂が和歌山へ戻り、ご家老たちと相談する。そこで適切な対応を考え、その案を持って新しい用人を赴任《ふにん》させる」

「……いつ」

もう完全に聖内匠の功名心は折れていた。

「稼げて十日であろうな」

「十日も……その間、わたくし一人で前の太政大臣さまと」

聖内匠が情けない声をあげた。

「己でまいた種だ。刈り取りで利を得るのもそなたなら、凶作で損をするのもそなたである。武士ならば、いさぎよく肚をくくれ」

久能内記がどやしつけた。

「では、儂は夜旅をかける。少しでも国元で協議するときを増やさねばならぬ。いや、まずは飛脚だ。飛脚を国元に出し、ご家老方にお集まりをいただいておかねばならぬ。安藤《あんどう》さまや水野《みずの》さまが居城に戻っておられれば、和歌山までご参集願わねばならぬからな」

急ぎ足で久能内記が足軽《あしがる》部屋へ向かった。

御三家や外様《とざま》の大藩は、なにかあったときのために足の速い足軽を江戸、京、国元に置いていた。紀州藩の足軽飛脚は、京から和歌山まで一日で駆けた。

足軽飛脚が届けた書状を受けた紀州藩和歌山城では、ただちに家老たちを集めた。

「この愚か者を京へ出したのは誰だ」

口火《くちび》を切ったのは紀州藩付《つ》け家老《がろう》安藤帯刀陳武《たてわきのぶたけ》であった。

付け家老とは、将軍の息子が別家するときに傅育《ふいく》と藩政を担うために付けられる旗本、大名のことである。安藤家は初代安藤直次《なおつぐ》が、家康の駿河隠居の供として選ばれたほど、信任も厚く、長く駿河老中を務めた能吏《のうり》でもあった。家康の願いで頼宣の付け家老となった安藤家だが、二代目が父の死後家を継がず、千石でいいから直参《じきさん》に戻してくれと申し出たことからもわかるように、直臣への復帰を悲願としていた。今回吉宗が将軍となったとき、陪臣である紀州藩付け家老から、譜代《ふだい》大名へ復帰できると狂喜していた安藤帯刀は、置いていかれたことに対して、不満を強くあらわしていた。

「そのようなことはどうでもよろしかろう」

国家老村田出雲《むらたいずも》が憤る安藤帯刀を抑えた。

安藤家は三万二千石で田辺《たなべ》城主という譜代大名と変わらない規模を誇るが、不思議と当主の早世《そうせい》が続き、六代目の帯刀陳武もまだ二十九歳という若さであった。

「……」

親子以上に歳《とし》の離れた村田出雲にあしらわれた安藤帯刀が黙った。

「問題はこの話をどうするかでござる」

村田出雲があらためて題を呈した。

「知らぬ顔をしてはいけませぬかの」

中老寺沢武兵衛《てらさわぶひょうえ》が言った。

「相手はあの近衛卿ぞ。長袖は己の利になることは忘れぬ」

村田出雲が首を振った。

長袖とは公家の蔑称である。着ている衣服が手の先まで隠れるほど長いところからつけられたもので、とても戦うことなどできないという武家から見た侮りであった。

「金でかたをつけられませぬか」

寺沢が再度訊いた。

「どのていどの金を出すと。少なすぎれば意味がない。多すぎれば、さらに食いついてくるぞ」

難しい顔を村田出雲がした。

「その馬鹿をした者を放逐し、浮いた家禄分ではどうだ」

安藤帯刀が提案した。

「聖は二百石か。年にして七十両と少し。前の太政大臣さまを黙らせるには少なすぎるな」

村田出雲が駄目だと答えた。

「数年分出せばよかろうが」

「そのようなまねをすれば、聖の家禄をそのまま寄こせと言い出しかねぬ。それが長袖というものだ」

弱みは見せられぬと村田出雲が言った。

「では、このまま策にのってはどうだ」

「冗談ではない」

村田出雲が強く否定した。

「それこそ紀州家は前の太政大臣さまに骨までしゃぶられるぞ」

「……打つ手がござらぬな」

寺沢がお手上げだと嘆息した。

「なにを話し合っておるのだ」

和歌山城本丸御殿大広間で話をしていた執政たちのもとへ、徳川宗直が姿を見せた。

「これは殿」

「どうぞ、上座へ」

安藤帯刀と村田出雲が、大広間上段の間中央を譲った。

「書状か……見せよ」

宗直が京屋敷用人久能内記の報告に気づいた。

「殿がご覧になられるほどのものではございませぬ」

村田出雲が遮ろうとした。

「余《よ》に見せられぬものか」

「紀州家において、殿に隠し事などございませぬ」

機嫌が悪くなった宗直に、村田出雲が慌てた。

「ならば貸せ」

「どうぞ」

もう一度差し出された手に、村田出雲が書状を渡した。

「けっこうなことではないか」

読み終えた宗直が笑みを浮かべた。

「あの浄円院が隠れキリシタンだとすれば、吉宗は終わりじゃ。吉宗が隠れキリシタンの子なれば、長福丸もその血を引いている。当然九代将軍たる資格などない。水戸は紀州の控え、そして尾張は、主殺《しゅごろ》しの余波が収まっていない」

主殺しとは四代尾張藩主徳川吉通《よしみち》の死に不審があることをいう。男狂いが激しく、その素行が悪すぎたため幽閉された実母本寿院《ほんじゅいん》のもとを訪れた日の夜、吉通は激しい腹痛と発熱に冒され、そのまま帰らぬ人となった。この吉通が六代将軍家宣から家継元服までの代理と指名されていたこともあり、幕府の注目を浴びてしまった。あきらかにはされなかったが、実母による毒殺の疑いが濃厚なだけでなく、その跡を継いだ五郎太《ごろうた》も二カ月後に急死するなど、大きく尾張家の威信は傷ついていた。

「となれば、九代将軍となるのは、余しかおらぬではないか」

喜びを宗直が露《あら》わにした。

「殿、浄円院さまが隠れキリシタンであるという証拠はございませぬ」

村田出雲が諫《いさ》めた。

「探せ」

笑いを消して、宗直が命じた。

「出てこなければいかがいたしましょう。いつまでも手間をかけるわけにもいかぬかと存じまする」

諫言《かんげん》とまで強いものではないが、村田出雲は宗直に自重《じちょう》を求めた。

「出てくるまで探せ。一年でも二年でもかまわぬ。吉宗の言いわけがとおらぬほどの歴《れき》とした証をだ」

「証を作りあげては」

安藤帯刀が口を出した。

「それはならぬ。あの吉宗だぞ。偽りを見逃すと思うか。偽の証など、いとも簡単に見破られよう。そうなったとき、そなたが全責任を負って腹切るというならばよいが」

はっきりと宗直が拒んだ。

「……………」

宗直にたしなめられた安藤帯刀が言葉を失った。

「近衛卿へのご返答はいかがいたしましょう」

「任せる」

村田出雲の問いに、宗直が一言で答えた。

「はい」

主君にそう言われれば、家臣としてはどうしようもなかった。村田出雲は引いた。

「よい報せを待っておる」

あっさりと宗直が去っていった。

「どうなさる」

寺沢が心配そうな顔をした。

「やるしかなかろう。主命じゃ」

苦い顔を村田出雲がした。

「まずは前の太政大臣さまのご機嫌取りだな。それは、国元に帰ってきた久能内記にさせよう。若い者を抑えられなかった責を取らせる」

村田出雲が段取りをつけはじめた。

「吉宗に泡吹かせるならば、なんでもしてくれよう」

安藤帯刀が意気込んだ。

「先走られぬようにな」

「殿のお許しが出たのだ。なにを遠慮することがある」

釘を刺した村田出雲に安藤帯刀が言い返した。

「なにをなさるおつもりか、聞かせていただこう」

念のために村田出雲が問うた。

「隠れキリシタンへの対応といえば決まっておろう。踏み絵よ」

胸を張って安藤帯刀が述べた。

「……いまどき踏み絵でどうにかなるとでも思っているのか。隠れキリシタンの多い、九州でさえやっておらぬというに」

村田出雲があきれた。

踏み絵は幕府による宗門改《しゅうもんあらた》めの手段であった。十字架に磔《はりつけ》にされたイエス・キリスト、あるいは幼子を抱くマリアの像を彫りこんだ銅板を踏ませることで、キリシタンかどうかを判断する。

たしかに禁教令直後は大きな威力を発揮した。隠れキリシタンは像を踏むどころか、跪《ひざまず》いて口づけし、発覚した。踏み絵のせいで殺された隠れキリシタンは万ともいわれるほどであった。だが、それも時代が過ぎるにつれて変わり、迫害を受けるくらいならば、絵を踏んで後ほど懺悔《ざんげ》するという形になり、今では長崎《ながさき》や島原《しまばら》などごく一部の地域以外ではおこなわれなくなっていた。

もちろん和歌山でも寺社奉行配下に宗門改めがあり、踏み絵も何枚か保管されているが、何年も持ち出されさえしていない。

「ならば、拷問《ごうもん》をすればいい。笞《むち》で叩けば、女のことだ、半刻（約一時間）ももつまい」

暗い笑いを安藤帯刀が浮かべた。

「将軍の生母に拷問をする……正気《しようき》か」

目を丸くして村田出雲が確認した。

「自白さえさせれば、問題あるまい」

「ここまで愚かとは思わなかったわ」

大きく音を立てて、村田出雲が嘆息した。

「安藤どの、居城へお帰りあれ」

執政の声で村田出雲が命じた。

「無礼を言うな。安藤家は紀州藩付け家老。すなわち、筆頭執政なのだ。たかが組頭あがりが比肩《ひけん》するものではないわ」

若い安藤帯刀が反発した。

「浄円院さまに拷問など加えて、紀州が無事ですむとでもお考えか」

「城のなかのことだ。漏れるはずなどなかろう。万一死んだところで、病死と告げればすむ」

安藤帯刀が強気で返した。

「ご遺体を江戸まで運べと命じられる、あるいは検屍《けんし》役が送られれば、すぐに拷問の跡が見つけられるぞ」

「焼いてしまえば良かろう。死んですぐに灰とすれば、江戸へ運ぼうが、検屍が来ようが証拠はない」

「……はあ」

何度目かになるため息を村田出雲が吐いた。

「上様を甘く見るな。遺体がないというだけで、なにかあると疑われよう。それに浄円院さまの周りにいる女中どもは、上様のお声掛かりで選ばれた者ばかりぞ。そやつらが黙っているわけないだろうが」

「女中どもも殺してしまえばいい。流行病《はやりやまい》で死んだとでもすれば問題はない」

「…………」

堂々としている安藤帯刀に村田出雲は頭を抱えた。

「とにかく、詳細は久能内記が帰ってきてからにしよう。それまでは決して動かれるなよ」

「ふん。腰抜けが」

鼻息も荒く安藤帯刀が大広間を出て行った。

「ご家老さま」

「……あきれてものも言えんわ」

寺沢の気遣いに、村田出雲が天を仰いだ。

「家康さまより信頼され、秀忠さまに付いていた老中たちよりも発言力があったとされる安藤直次どのの血も、代を重ねると薄くなったな」

「……………」

口出しできる雰囲気ではなかった。寺沢は沈黙した。

「兄の若隠居で当主の座が回ってきた。幸運で当主となったのだ。でなければ、どこぞの紀州藩士の養子となるか、兄の家臣として生涯を過ごしたはず。それをわきまえて、大人しくしておればよいものを。己の代に安藤家を譜代に戻そうなどと考えるなど……」

「いかがいたしましょうや」

小さく首を振る村田出雲に、寺沢が訊いた。

「根来をこれへ」

「……よろしゅうございますので」

寺沢の表情が引き締まった。

「一蓮托生《いちれんたくしょう》で、腹切らされたいか」

村田出雲が冷たい目で寺沢を見つめた。

「ただちに……」

寺沢が逃げるように駆けていった。

待つほどもなく、地味な服装を身にまとった中年の藩士が、大広間下段へ入ってきた。

「根来幹斎《かんさい》めにございまする。お呼びだそうで」

「うむ。近くに寄れ」

村田出雲の手招きに、幹斎が応じた。

「目と耳は大丈夫だろうな」

「すでに大広間は、我らの結界《けっかい》のなかでございまする」

半分寝ているような細い目で幹斎が答えた。

「そうか。ならばよいな」

「ご用命を」

「浄円院さまのもとへ、女を入れろ」

「下働きの女中でございましょうや」

命令の詳細を幹斎が求めた。

「身の周りの世話ができる身分でなければならぬ」

「無理でございまする」

あっさりと幹斎が首を振った。

「なっ……」

断られた村田出雲が絶句した。

「浄円院さまの周りにおる女たちは、すべて玉込《たまこ》め役の出。決して、他からの者を近づけませせぬ」

幹斎が理由を述べた。

「玉込め役……御庭之者たち」

村田出雲が苦い顔をした。

「籠絡《ろうらく》できぬか」

「まだ石を口説くほうが楽でございましょう」

無理だと幹斎が否定した。

「下働きくらいならば、どうにかできぬか」

「難しゅうございましょう」

幹斎が淡々と言った。

「浄円院さまのなにを探れと」

「隠れキリシタンの証をだ。隠れキリシタンならば、十字のものを身につけておろう」

「クロスのことでございますな」

カトリックにとって十字架は神聖なものである。隠れキリシタンが、仏教徒を装って拝んでいる聖母観音などの足には、十字が刻まれていることが多い。他にも手鏡の裏や、身につけている紙入れの底などに十字を隠しているものも珍しくはなかった。

「見つけられますまい。浄円院さまのお身につけられるものは、洗濯、補修からすべて玉込め役の仕事で、塵《ちり》でさえ出しませせぬ」

「怪しいな」

神経質すぎる対応に、村田出雲が首をかしげた。

「我らもそう思い、いろいろと探りを入れてみたのではございますが……」

「しくじったか」

「……はい」

苦い顔を幹斎が見せた。

「出を探ることはできるな」

「浄円院さまの出ならば」

幹斎が首肯した。

「任せる。金はのちほど寺沢から渡す」

「承知いたしました」

用はすんだかと、幹斎が村田出雲を見た。

「あと一つ」

村田出雲が声を潜めた。

「……」

幹斎が待った。

「安藤帯刀を動けぬようにいたせ」

「殺さずに」

驚きもせず、幹斎が問うた。

「ああ。病に見せかけてくれ。さすがにこの時期、付け家老が変死しては、上様のご注意を引きかねぬ」

「なるほど」

幹斎が納得した。

「毒でよろしいか」

「任せる」

村田出雲が認めた。

四

吉宗に与した山里伊賀者組頭遠藤湖夕は、配下の伊賀者同心たちの説得と結束を確認してから、四谷伊賀者組屋敷の藤川義右衛門を訪ねた。

「久しいな」

「同じ組屋敷に住んでいても、役目が違えば、あまり会うこともない」

遠藤の挨拶に藤川が応じた。

「なにか用か」

藤川が問うた。

「過日、上様より、山里伊賀者に命が下った」

「上様からだと……」

聞いた藤川が緊張した。

「……なにを命じられた」

警戒心を露《あら》わに、藤川が訊いた。

「御広敷伊賀者を潰せとのことだ」

「……ううむ」

淡々と言う遠藤に、藤川がうめいた。

「引き受けたのか」

「当然であろう。我らは徳川の家臣だ。上様の命に従うことで禄をいただいている」

遠藤が表情を変えずに告げた。

「馬鹿な、同じ伊賀者同士が戦うなど」

「そうしたのは、誰だ。おぬしだろうが」

冷たく遠藤が指摘した。

「調べたな」

「水城さまより教えていただいたわ。聞いていてあきれたぞ。単なる、おぬしの早合点、思いこみではないか」

嘆息しながら遠藤は語った。

「用人の言うことを信じるな」

藤川が否定した。

「おぬしの言いぶんを聞こう」

「あの用人は、御広敷伊賀者の金を取りあげに来たのだ。大奥女中と御広敷伊賀者の間に何があるかは、おぬしも知っておろう。その雀《すずめ》の涙ほどの金まで奪い、伊賀者を追い詰め、単なる同心、いや小者とするために、用人は上様から遣わされた。用人は伊賀を潰すための先兵なのだ」

遠藤に促された藤川が語った。

「余得か……我らにはかかわりないな」

冷たく遠藤が言った。

「……それは」

藤川が詰まった。

「己たちの利権のために、要らざる手出しをした。その利権も表に出せぬものだ。まったく……」

遠藤が大きく首を振った。

「御広敷伊賀者の尻ぬぐいで、動かねばならぬとはな」

「……敵に回るというか。勝てるはずなかろう。そちらはわずかに九名。控えを入れても十五名をこえまい。こちらは控えを含めれば九十名近くいるのだぞ。刃向かえば山里伊賀者など半日で皆殺しだ」

あきれた遠藤へ藤川が凄《すご》んだ。

「阿呆か、おまえは」

口調を変えて遠藤が藤川を見た。

「なにを」

馬鹿にされた藤川が憤った。

「最初に吾はなんと言った。上様より命じられたと告げたはずだ。つまり我らには上様へ報告する義務がある。我らを殺せば、その報告が止まる。それが意味することを上様がお気づきにならぬとでも」

「そうなっても上様はなにもできぬ。御広敷伊賀者を潰せば、伊賀者を闇に放つことになる。三日で老中全員の命はなくなるぞ」

藤川が嘯いた。

「おまえたちの禄もな」

「……なっ」

言われて藤川が息を呑んだ。

「禄を取りあげられて、どれだけ持つ。一カ月か、二カ月か」

「金など商人を襲えば、いくらでも手に入る」

藤川が答えた。

「野盗になるというのだな。つまり町奉行と町人も敵に回すと」

「それがどうした。捕まるような我らではない」

念を押すような遠藤に、藤川が言い返した。

「今はの」

皮肉な笑いを遠藤が浮かべた。

「次代はどうする」

「どういう意味だ」

藤川が怪訝な顔をした。

「九十名の御広敷伊賀者、その家族も入れれば三百名をこえるだろう。それだけの数が、どうやって市中に潜む。目立つぞ」

「まとまらねばよかろう」

遠藤の言葉に藤川が答えた。

「ばらついて、どうやって伊賀の血を継承していく。伊賀の忍の技は門外不出だ。継げるのは伊賀の血を引く者だけ。市中に目立たぬよう散ってしまえば、それも難しい。当然、上様に逆らった謀叛人のおまえたちを我ら伊賀組は助けぬし、郷も切り捨てよう。援助はどこにもないぞ。禄もなく天下のお尋ね者として、どうやって代をつないでいく」

厳しい現実を遠藤が突きつけた。

「……………」

藤川が沈黙した。

「組頭はしかたない。もう上様に牙《きば》を剝いたのだ。今更平伏したとて許されまい。今回竹姫さまを襲ったことにかかわった者もな。だが、それ以外の者はまだ間に合う。今のうちに我らに誼《よしみ》をつうじてこい。きっと吾が取りなしてやる。御広敷伊賀者の利権は失うが、禄は残る。子々孫々のことを思え。先祖の功で与えられた禄を無にするな」

二人きりの座敷で遠藤が声を張りあげた。

「……きさま、組を割るか」

藤川が低い声を出した。

「どうせ、周囲に人を配しているのだろう。同じ伊賀の吾を迎えるにも、それだけ警戒しなければならない。正しいことをしていると思っていない証拠だ」

遠藤が糾弾した。

「黙れ」

「愚かなきさまのせいで、御広敷伊賀者が潰れかけている。それを忘れるな」

怒鳴りつけた藤川へ反論して、遠藤は去った。

「一同、妄言《もうげん》に踊らされるな。我らは一つだからこそ強いのだ」

藤川が声を出した。

「すでに次の将軍家と話はついている。上様が代われば、我らは与力になる。禄も大きく増えるのだ。出世の好機を見失うな」

誰も応えない座敷で、藤川が述べた。

第四章　師の援《たすけ》

一

聡四郎の登城に大宮玄馬が付き添わなくなった。

「あの女忍、放置しておけばなにをしでかすか、わからぬ。抑えられるのは、おぬししかいない」

今は動けないがいつどうなるかわからない。女忍の見張りを聡四郎は大宮玄馬に託そうとした。

「殿の御身のほうが大切でございまする」

登下城の警固を兼ねる大宮玄馬は、なかなか承知しなかった。

「ううむう」

何度か下城の途中で襲われただけに、聡四郎も強くは言えなかった。

「なに悩んでいるの」

紅が口をはさんだ。

「玄馬の代わりがな」

聡四郎は述べた。

「なるほどね。玄馬さんほど腕が立つ人が要ると」

「腕だけではないぞ。信用できる者でなければならぬ。警固が刺客に変貌などされてみろ、防ぎようがない」

理解したと言わんばかりの紅に、聡四郎が注意をした。

「当然の話よね」

一人、紅が納得した。

「ちょっと心当たりがあるから、任せてくれる」

「大丈夫か」

簡単そうに言う紅に、聡四郎は危惧《きぐ》した。

「相模屋の懸人《かかりうど》ならば、問題ないだろうが……」

「楽しみに待ってて。明日の朝からでいいわね」

そう言い残して、紅はさっさと屋敷を出て行った。

「殿さま……」

不安そうな顔を大宮玄馬が見せた。

「紅がそこまで言うのだ。大事ないだろうよ」

聡四郎はそう言うしかなかった。


翌朝、いつものように大門を開けて屋敷を出かけた聡四郎は、外に立っている人物を見て絶句した。

「……師」

待っていたのは入江無手斎であった。腰に太刀を一本だけ差した入江無手斎が、飄々《ひょうひょう》とした風貌で聡四郎に手をあげた。

「今日から世話になる。雇い主どの」

入江無手斎がしてやったりと笑った。

「紅……」

あわてて聡四郎は振り向いた。

やはり驚愕から立ちすくんでいる大宮玄馬の後ろで、紅も笑っていた。

「玄馬さん並みの腕、玄馬さん同様の信頼。どちらにも当てはまると思うけど」

紅が自慢げに胸を張った。

「たしかに条件どおり、いや期待以上なんだが……」

聡四郎は紅から入江無手斎へと目を移した。

「よろしゅうございますので」

師に警固を願うなど、聡四郎には思いもつかなかった。

「儂も生きていかねばならぬのでな。道場を閉めた以上、生活の手立てを得なければなるまい。今まではそなたをはじめとする弟子たちの厚意と、蓄えでなんとかなったが、そろそろ心許《こころもと》なくなってきていた。儂にしてみれば、渡りに船といったところよ」

入江無手斎が言った。

「……紅」

ふたたび聡四郎は妻へ顔を向けた。

「日当だと面倒でしょう。かといってお師匠さまに禄米を出すなんて、失礼だし。ということで、月ごとにお金をお渡しすることにしたの」

「いくらだ」

「月に二両」

問われた紅が答えた。

一両あれば一カ月庶民が十分に食える。また幕府の三十俵二人扶持取りの同心の禄は年に直すと十二両になることから考えても、二両あれば男一人生きて行くにはまったく困らなかった。

「それだけあれば、店賃を払って、飯を食い、雑用をしてくれる女中を頼むことができる。ありがたいよな」

十分だと入江無手斎がうなずいた。

「さあ、急がないと遅れるわよ」

いつまでも動かない聡四郎を紅が促した。

「ああ。では、よろしくお願いをいたしまする」

遅刻するわけにもいかない。聡四郎は一礼して入江無手斎の同行を認めた。

「こちらこそ、頼むぞ」

入江無手斎が返礼した。

「御出立つううううう」

門番の小者が独特の声を張りあげた。

「どうぞ、お並びに」

屋敷を出たところで、聡四郎は入江無手斎に申し出た。

「それでは警固になるまい」

一歩引いて供をしている入江無手斎が首を振った。

「しかし……」

「いい加減にせんか。師弟の関係は一時置け」

こだわる聡四郎を、入江無手斎が叱った。

「はあ」

「おまえは本当に融通がきかぬなあ。剣の筋にも出ている。だから、玄馬に及ばないのだ」

入江無手斎があきれた。

「申しわけございませぬ」

「謝ることではない。それは人の生《な》り、性《しよう》というものだ。それをあえて変えようとするな。人に害を為《な》すような性質、そう、他人を痛めつけて喜ぶとか、盗癖とかは矯《た》めねばならぬが、そうでなければ受け入れよ。受け入れたうえでよいように考えればいい」

謝る聡四郎を、入江無手斎が諭した。

「融通がきかないのは、悪くないのだぞ」

「さようでございますか」

「うむ。少なくとも女房以外の女に心動かされはせぬからの」

入江無手斎が小さく笑った。

「……」

聡四郎が鼻白《はなじろ》んだ。

「でなくば、あの奥方の連れ合いは務まるまい。女中に手でも出してみろ。その日のうちに三行半《みくだりはん》を突きつけられるのは、おまえだ」

「……」

言われて聡四郎は沈黙し続けた。同意するには腹立たしく、否定するわけにはいかない。否定即《すなわ》ち、浮気をすると断言するようなものなのだ。

「かたじけなく思っている。儂を生かしてくれたからな」

不意に入江無手斎が声の調子を変えた。

「振り向くな。今の顔を見られたくないわ」

師の変化に足を止めようとした聡四郎を、入江無手斎が制した。

「情けない師匠よな」

入江無手斎の声が湿《しめ》った。

「道場を構え、少ないとはいえ数十人の弟子を抱えていたにもかかわらず、長年の宿敵と戦ってしまった。教え諭す者として、途中で弟子を投げ出すなど論外だとわかっていて、剣士として鬼伝斎と決着をつけたいとの願望に負けてしまった」

「師……」

「勝負には勝った。鬼伝斎は死に、儂は生き残った。剣士入江無手斎は死なずにすんだが」

一度入江無手斎が大きく息を吸った。

「腕をやられ、弟子を教えることがかなわなくなった入江道場の主入江無手斎は死んだ」

入江無手斎が少しの間沈黙した。

「……儂は死人だった。毎日目を覚まし、飯を食い、糞をし、寝る。それだけを繰り返す動くだけの死人。奥方から日々の糧をもらうだけで、なんの目的も持てず、明日を楽しみに待つこともない。人として、儂は終わっていた」

「………」

聡四郎に言葉はなかった。

「そんな儂のところに奥方が来た。夫を守ってやって欲しいと言って、深く頭を下げてくれた。道場を閉じてから、ずっと儂の生活援助をしてくれていたのだ。それこそ、やれと命じればすむものを、泣きそうな顔で頼んでくれた」

「泣きそうな顔……」

「上様がらみだからだろう。女房を手にする。じつにいやらしい手だが、おまえを抑えるに、これ以上効果のあるものもないな」

「紅のせいではないものを……」

悔しいと聡四郎は顔をゆがめた。

「おまえのせいでもない」

入江無手斎が首を振った。

「政《まつりごと》のせいだ。政というのは、かかわりたくない者ほど巻きこんでくれる。年貢の割合がいい例だ。年貢が五公五民から六公四民になったところで、老中たちになんの影響もない。辛い思いをするのは、年貢の嵩《かさ》を決める話し合いに出ることさえできぬ、いや、そういう場所があるとも知らぬ百姓たちだ。政に手出しできぬ百姓たちが、一番痛い目に遭う。それと同じだ。気にしたところでどうしようもない。

思い悩むより、どうすれば生き抜けられるかを考えろ」

「……はい」

聡四郎は首肯した。

「いい女を見つけたな。大切にしろ」

「そう思っております」

素直に聡四郎はうなずいた。

「おまえでは勝てぬ」

「わかっておりまする」

それにも聡四郎は同意した。

「ここまででいいのだな」

大手門前で入江無手斎が告げた。

「ありがとうございました」

「礼を言うのは儂じゃと申したはずだが……」

入江無手斎が嘆息した。

「まあよい。迎えにはいつ来ればいい」

「七つ（午後四時ごろ）には御用が終わりますれば」

「承知した。ではの」

手を振って入江無手斎が離れていった。

師の背中を見送った聡四郎が大手門を潜った。

「なんなんだ、あの年寄りは」

少し離れたところから、聡四郎を監視していた御広敷伊賀者の蓮山が驚愕していた。

「あれが用人と従者の師匠、一放流入江無手斎だ」

藤川義右衛門が述べた。

「隙《すき》などどこにもなかったぞ。襲うなど無理だ。その瞬間に斬られる」

蓮山が藤川に喰ってかかった。

「江戸にその人ありといわれた名人だからな」

藤川が告げた。

「勝てるわけなかろう」

「いいや、勝てる。調べによると、入江無手斎は片手が使えないらしい」

「まことか」

さっと蓮山の表情が変わった。

「片手が使えなければ、抜き撃ちができぬ」

「だの」

意気ごむ蓮山に藤川がうなずいた。

刀は左腰に差す。抜くためには、右手で柄《つか》を摑《つか》み、左手で鞘を押さえなければならない。その上で鞘を左手で後ろへ引き、右手で刀を前へ出す。短い脇差ならば、まだどうにかなるが、刃渡りのある太刀は、片手で抜くことはまずできなかった。

「入江は脇差を持っていなかった。ならば、いくらでも対処のしようはある」

蓮山が自信を見せた。

「やれるか」

「念にはおよばぬ」

問われた蓮山が胸をたたいた。

「では、用意をいたせ。警固の者を倒して、我ら御広敷伊賀者が脅しに屈しないと見せつけるのだ。山里伊賀者などに負けるとは思わぬが、同じ伊賀同士で争うようなまねは避けたい」

藤川が山里伊賀者と敵対していると口にした。

「それは事実なのか。山里伊賀者には、従兄弟がいるのだが」

遠藤と藤川の話し合いの場にいなかった蓮山が疑念を呈した。

「先日、堂々と吾のもとへ決別を宣しに来たわ」

「馬鹿な。伊賀は一枚岩でなければならぬであろうに」

苦い顔をした藤川に、蓮山が信じられないと首を振った。

「真実じゃ。我らは将軍の手先を敵にしているのだ。味方はまずいないと思え」

藤川が厳しい顔をした。

「小普請《こぶしん》伊賀者、明屋敷《あきやしき》伊賀者もか」

「山里のようにはっきりと態度には出していないがな。味方だとは思えぬ。よくて傍観者だろう」

「くっ。伊賀の掟を理解できぬとはなさけなし」

蓮山が表情をゆがめた。

「それだけ我らが優遇されているということだ。伊賀者で、御広敷伊賀者だけに余得がある。うらやまれてもしかたあるまい」

藤川が嘆息した。

御広敷伊賀者の余得は、大奥女中たちの抜け遊びを見逃す代償であった。大奥の女中たちは、自在に出歩けない。目見え以上ともなれば終生奉公、親の死に目にも会えない決まりである。その大奥で最大の気晴らしが、代参であった。御台所あるいは将軍生母ら、大奥から出ることが許されていない人の代わりに、神仏へ参る代参は、女中たちが堂々と市中へ出られるただ一つの方法であった。もちろん、代参であるから、増上寺や浅草寺《せんそうじ》、寛永寺などに行かなければならないとはいえ、門限までに帰ってくれれば問題はないのだ。

女中たちは代参を形だけにすませ、空《あ》いたときを食事あるいは観劇など、好きなことをして楽しむ。

だが、これは厳密にいえば御法度であった。代参である。他のところへ回り道するなど論外、表沙汰《おもてざた》になれば、幕府も黙ってはいない。とはいっても、幕府も大奥女中たちの不満解消だとわかっている。正式な訴えでもない限り見て見ぬ振りをした。なにせ、大奥に嫌われれば、執政といえども一日ももたないのだ。

男は女に弱い。まして、身体を重ね、情を交わした相手となると格別になる。大奥は将軍の女の集まり。愛妾《あいしょう》から「老中の誰々は、妾《わらわ》にこのような嫌がらせを」と閨《ねや》で囁かれれば、将軍が動く。いきなり罷免されなくとも、何度も何度も耳に入れられれば、信用している執政でも疎ましくなるのが普通である。そうなっては執政としての先はない。執政たちも絵島のように明らかな違反の告発がない限り、大奥には手出しをしない。その告発をおこなう役目が御広敷伊賀者であった。

大奥女中行列の警固という名目で同行する御広敷伊賀者は、同時に監視役でもあった。

御広敷伊賀者から乱行を報告されては、大奥女中たちは困る。そこで、最初に金を渡して御広敷伊賀者を買収するようになった。

「行列の供に七つ口の見て見ぬ振り。それで我らが大奥からもらう金は、ほぼ禄に等しいだけの金額になる」

藤川が勘定した。

七つ口の見て見ぬ振りとは、大奥へ持ちこまれるものの検査を甘くすることである。もちろん、御法度とされているものを通過させはしない。それこそ御広敷伊賀者を潰しかねないからだ。見逃すのは、大奥女中たちの欲求不満を解消させるための贅沢品などであった。大奥の買いものは、表使《おもてづかい》が管轄する。表使が大奥の買いものをとりまとめて、出入りの商人へ発注する。また、個別に五菜を使って購入することもある。そのすべてが七つ口を通って大奥へ持ちこまれた。

大奥は将軍家の私《わたくし》である。警固の侍も入れない。みょうなものを持ちこまれて、変なことになりでもしたら大事になる。当然、七つ口を出入りするものは、御広敷番頭指揮の下、御広敷伊賀者によって、厳しく検査された。

女しかいない大奥にいるとはいえ、やはり女である。見られては恥ずかしいものもあった。衣装箱のもっとも底に隠した女の生理に伴うものや、独り寝の寂しさに耐えかねて購入した性具など、御法度ではないが、七つ口で拡げられてはたまらない。なにせ、七つ口での荷物検《あらた》めは、まず誰のものかを大声で言ったあとおこなわれるのだ。なんの某の荷物から、こんなものがとなれば、あっという間に噂となる。それだけならまだいいが、大奥女中のほとんどは、名門旗本の娘なのだ。ふしだらな女だと噂されれば、実家にまで影響が及びかねないのだ。

そこで大奥女中たちは、荷物を持ちこむたびに、御広敷伊賀者へ幾ばくかの心付けを渡し、手心を加えてもらっていた。

「妬《ねた》みか……」

蓮山がつぶやいた。

「他人をうらやむ。人ならばかならず持つものである。それは伊賀者とて同じよ」

藤川がしかたないと言った。

「わかった。味方とは思わぬ」

ようやく蓮山が納得した。

「とはいえ、今日にも用人を襲えというのはあまりに性急。準備万端こそ、伊賀の持ち味であろう」

蓮山が懸念を表した。

「伊賀の郷の女忍が捕まった」

苦い顔で藤川が告げた。

「なに……生きたままでか」

蓮山が驚いた。

忍の掟に生きて敵の虜囚《りよしゆう》にならないというものもあった。逃げられないとさとったならば、できるだけ多くの敵を巻きこみ自爆《じばく》する。これは、捕まって拷問され、伊賀の秘密を暴かれては困るという意味と、自爆して被害が拡がるから伊賀者は無理して捕まえないようにしようと相手に思わせるためであった。

「堕ちたものよな、郷も」

「仕事がなければ、鍛錬もおざなりになる」

二人が顔を見合わせた。

「捕まるような女忍だ。口も緩《ゆる》いだろう」

藤川が小さく息を吐いた。

「伊賀の女忍の言葉など誰が信じる。忍は嘘を吐くものだ」

大丈夫だろうと蓮山が観測した。

「上様がおられる。上様にとって、己のつごうのよいものが真実」

「……」

「上様が真実だと言えば、それだけで御広敷伊賀者は潰される。今見逃されているのは、それだけの材料がないからだ。竹姫の行列を襲った女が、儂から命じられた、あるいは竹姫の代参予定を報されたとでも告げれば……」

「……ごくっ」

蓮山が音を立てて唾を呑んだ。

「上様は恐ろしいお方だ。すでに伊賀者を割られた。かつては伊賀者すべてが幕府へ牙を剝き、四谷の長善寺に立てこもった。組が一丸となったゆえ、謀叛の鎮圧には手間がかかり、降伏したあとも伊賀組は分けられたとはいえ、存続できた」

「山里伊賀者は……」

「そうだ。伊賀をまとめないために、上様は山里伊賀者に誘いをかけた。山里伊賀者が脱落したと知れば、小普請伊賀者、明屋敷伊賀者も動きやすい」

「我らが謀叛を起こし、どこかへ立て籠もったとき、山里伊賀者たちが攻めてくると……」

「……」

無言で藤川が首肯した。

「わかった。急がねばならぬとな。で、その女忍はどうする」

「すでに刺客の用意はした。数日以内に始末はついているはずだ。そのためにも、用人についた警固は外しておきたい。入江を殺せば、従者が警固に復帰せざるを得まい。従者のいない用人の屋敷など、無人の野原を行くがごとしだ。入江を倒す。これは一番手柄だ。上様が代替わりして、御広敷伊賀者が与力となったとき、そなたは一方の旗頭となる」

藤川が語った。

「……与力か。わかった。任せてもらおう」

励起《れいき》を受けて、蓮山が胸を張った。

「この金を遣え。小者を雇って騒動を起こし、そこに人の目が集まっている間に、やれ」

「わかった。太刀を抜けぬ年寄り一人、無駄な手配となるだろうが。用意があるゆえ、これで」

金を受け取った蓮山が去っていった。

「無理だな、あれでは。あやつも陽動《ようどう》だな。もう一段用意せねばなるまい」

蓮山の背中を見ながら、藤川が独りごちた。

二

五菜の太郎は山城帯刀と面会していた。

「姉小路さまの御用か」

太郎を見るなり、山城帯刀が嫌な顔をした。

「事情を聞いて参れと」

「なにもせぬくせに、文句だけは言いたいというわけだ」

山城帯刀が太郎を睨んだ。

「………」

八つ当たりされた太郎が目をそらした。

もともと太郎は、館林藩士であった。厩番《うまやばん》という微禄であった太郎は、その頑《がん》健《けん》な身体を認められ、大奥の下働き、五菜として潜入するよう、山城帯刀から命じられた。姉小路との連絡役ではあるが、なんの責任もない立場であった。

「申しわけなし。襲撃した者たちが未熟であったためでござると伝えよ」

「それですみましょうや」

山城帯刀の返答に、太郎が意見をした。

「どういう意味だ」

「失敗を償えとの意味ではございませぬか、今回の問い合わせは」

五菜をしているうちに、太郎は大奥女中の強欲さと質《たち》の悪さを知っていた。

「金か」

「あるいは物……」

「先日呉服の切手をくれてやったばかりぞ」

山城帯刀があきれた。

「かえって味をしめたのではございませぬか」

同席していた館林藩御用達《ごようたし》の商人井筒《いづつ》屋が口を出した。

「女子と小人《しょうじん》は度し難いな」

大きく山城帯刀が首を振った。

「金はない。先日の呉服代、今回の刺客の費用で、当藩の勘定は空《から》だ」

「ですが、それでは……」

最後まで言わなかったが、太郎が翻意《ほんい》を促した。

「わたくしもない袖は振れぬではとおらぬかと」

井筒屋も同意した。

「ないものはない」

山城帯刀が渋い表情をした。

「お貸しいたしましょう」

「それは助かる」

言った井筒屋に山城帯刀が身を乗り出した。

「五百両貸してくれ」

「よろしゅうございましょう」

申し出を了承して、井筒屋が条件を付けた。

「その代わり、御領内の荒れ地開発のご許可をいただきたく」

「……すべてか」

「はい」

難しい顔をした山城帯刀に、井筒屋がうなずいた。

「さすがに全部は無理だ。国元にはつきあいのある商人もおる。なにより大庄屋たちが黙っておるまい」

山城帯刀が無理だと首を振った。

「そこは山城さまのお力で」

「無茶を言うな。いかに筆頭家老でもできぬことはある」

あっさりと言う井筒屋に山城帯刀が抗議した。

「では、八割を」

「五割だ」

譲歩とはいえない割合を口にした井筒屋に、山城帯刀が条件を出した。

ここまでするだけの儲けが荒れ地にはあった。

荒れ地とは年貢を払えず、百姓身分から脱落したり、逃げ出した者が所有していた田畑のことである。長年耕作されていないため、荒れ果ててはいるが、手を入れれば十分な収穫が見こまれた。とはいえ、誰も無償で開拓するはずもない。荒れ地は年貢を生まない。藩としてはなんとかして、荒れ地を耕作地に戻したいのは当然である。そこで荒れ地と認定された土地を再墾した場合には、年限を切って年貢を免除したり、軽減した。館林藩の場合は、三年の年貢免除であった。この三年分のあがりを、井筒屋は狙っていた。

「五割ではちと割に合いませんなあ。五百両でございますよ」

「くれるのではなかろうが。貸すだけであろう。利子としては良すぎるくらいだと思うぞ」

弟の松平清武の藩政を任すとして六代将軍家宣からとくに選ばれただけあって、山城帯刀は勘定にもつうじていた。

「六割でお願いいたしたく」

「……そのかわり、金の返済は殿が将軍になるまで待て」

落としどころであった。

「のちほど、金は届けさせまする」

井筒屋が帰っていった。

一両小判一枚はおよそ四匁《もんめ》（約十五グラム）ある。五百両だと二千匁、およそ二貫《かん》（約七・五キログラム）にもなった。どれほどの大商人でも、五百両を持ち歩きはしなかった。

「金が届くまで待て」

山城帯刀が太郎に命じた。

すぐに井筒屋が金を届けに来た。

「これを姉小路さまに渡せ。好きにお遣いくださいませとな。ああ、藩主より天英院さまへのお見舞いであると言うのを忘れるな」

「……二百両でよろしゅうございますので」

太郎が目の前に置かれた切り餅を目で勘定した。

「残りは万一のための備えである」

三百両を山城帯刀は出さないと告げた。

「もう一つ。竹姫さまをもう一度城外へ出していただけぬかと儂が願っていたとな。汚名返上の機会をいただきたいと申していたと伝えよ。ああ、伊賀の藤川に、近いうちに顔を出せともな」

ただで金は出さないと、山城帯刀は条件をつけた。

「承知いたしましてございまする」

太郎が金を胴巻きに仕舞い、大奥へ戻っていった。

聡四郎は登城するなり、竹姫への目通りを願った。

「お目通りを許される」

待つほどなく、大奥表使から返答があった。

表使は中臈よりも格下で、さして身分の高いものではないが、年寄の指揮下にあって実質大奥を取り仕切っている。その力は、お手つきの中臈ていどをものともしない。御広敷用人としても、気を遣わねばならない相手であった。

「ご手配を感謝する」

聡四郎は表使あてに濃茶《こいちゃ》を贈った。

人を動かすには、金か物を使うのが早い。気を遣われて悪い感情を持つことはない。聡四郎は御広敷用人になってから、これが真実だと気づいた。

「遅すぎるわ。あなたらしいけど」

誇らしげに言う聡四郎にあきれた紅が、家計に響かず、相手に軽視されないものとして、京より江戸へ運ばれた濃茶を用意してくれたのであった。

「ここでお待ちを」

表使配下のお使番《つかいばん》の監視付きで、聡四郎は大奥御広敷上段の間襖際に腰を下ろした。

「待たせたの」

竹姫が中臈の鹿野ではなく、鈴音とお末一人を連れて御広敷上段の間に現れた。

「鹿野は、局の立て直しに忙しいのでな、来《こ》れなんだ」

座った竹姫が教えた。

この御広敷で聡四郎に斬りかかった澪《みお》、深川八幡宮で刺客に変貌した孝と袖と、三人もお末のなかに女忍が紛れこんでいたのだ。竹姫の局はがたがたになった。その対応に鹿野が奔走していた。

「紅どのに人を頼まねばならぬことになりそうじゃ」

竹姫が申しわけなさそうな顔をした。

「伝えておきまする」

「すまぬな。さて、先日は慌ただしく大奥へ戻ってしまったため、礼を言えなんだ。あらためて助かったぞ」

頭を竹姫が下げた。

「どうぞ、そのようなまねはなさいませぬように。わたくしは上様より竹姫さまの身の周り一切をお預けいただいておりまする。警固も任の内でございますれば」

あわてて聡四郎は顔を上げてくれと言った。

「ほんに上様には御礼の言葉もないほどである。しかし、いまだお目通りの叶《かな》わぬ身」

寂しそうに竹姫が目を伏せた。

「ご懸念には及びませぬ。まもなくお咎めは撤回されました。上様は御多忙ゆえにお見えになられぬだけでございます」

「まことか」

さっと竹姫が目を輝かせた。

「上様の武運長久の参拝を自らなされたのでございまする。となりますれば、ご褒美を下しおかれるのが慣例。かならず近いうちにおいでになられましょう」

聡四郎が説明した。

「そうか。そうか」

うれしそうに竹姫が何度も首を上下させた。

「お鏡の御礼も申しあげたい。返礼もいたしたい。のう、水城、上様になにか差し上げたいのだが、よいものはないか」

「さようでございますな。上様は望めばこの天下にあるすべてのものをお手におできになるお方」

「……そうよなあ。妾が用意できるていどのものなど、天下の珍品に比べれば

「……」

目に見えて竹姫が落ちこんだ。

「……」

まずいことを言ったと聡四郎は黙った。

「水城さま」

鈴音が鋭い目で咎めた。

「竹姫さま、よろしければ紅をよこしましょう」

聡四郎は妻に丸投げした。

「……紅さまをか。それはありがたい」

一気に竹姫の気分が上向いた。

「明日にでも」

「きっとぞ。鈴音、お客あしらいに伝えておくように」

「はっ」

鈴音が首肯した。

お客あしらいは、大奥女中たちとの面会を求める御三家や大名、旗本の娘などの対応をする役目で、一応御三家紀州家の姫との身分を持つ紅を迎えるのも仕事であった。

「ところで、本日の用件はなんじゃ」

竹姫が本題を促した。

「はい。先日の一件を受けまして、上様より……」

そこまで言いかけて、聡四郎は周囲を見た。

「上様より他聞《たぶん》をはばかるようにと命じられておりまする。鈴音どの、申しわけないが御伝言を」

聡四郎は鈴音に側まで来てくれるようにと頼んだ。

「姫さま……」

「許す」

伺う鈴音へ竹姫がうなずいた。

大奥で男女の接近は御法度である。将軍の太刀を中奥《なかおく》から大奥へ移すときに、太刀持ちの小姓と大奥女中の手が偶然触れただけでも謹慎、場合によっては罷免される。いかに吉宗の命であっても、鈴音がうかつに動かず、主の許可をとったのは賢明な対応であった。

というのも、御広敷には聡四郎と竹姫の面会を見張る表使配下の女中が下段の間襖際に控えているからだ。十分な対応をしておかないと、ここからどう話がねつ造されていくかわからなかった。

「ここでよろしいか」

鈴音は、聡四郎と半間（約九十センチメートル）の距離を空けた位置についた。

「けっこうでござる」

聡四郎は同意した。

さすがにそれ以上近づけば、あらぬ疑いをかけられかねなかった。

「まず、鈴音どの。今からお伝えすることで声をおあげになりませぬよう」

話す前に、聡四郎は注意を与えた。

「承知」

男に近づいて浮かれているととられては困るとばかりに、怜悧《れいり》な美貌を一層引き締めた鈴音が頭を垂れた。

「上様より、竹姫さまへ身辺に気を付けるように。とくに毒には細心の注意をせよと」

「……………」

内容に声は出さなかったとはいえ、驚愕した鈴音が顔をあげた。

「……まさか」

「先日のお末は、伊賀者でございました」

聡四郎は孝の正体を明かした。

「……伊賀者」

鈴音が小声で繰り返した。

「大奥は伊賀者が警固しておりまする」

「なぜ、そのような……上様との」

言いかけた鈴音が気づいた。

「ご明察《めいさつ》でござる。上様は伊賀者から探索御用を取りあげられた」

大きく聡四郎は首肯した。

「その恨みが竹姫さまに向かうと」

「竹姫さまが上様の弱みでございまする」

聡四郎は続けた。

「大奥に御庭之者を配するわけにはいきませぬ。今、上様は伊賀者を押さえこもうとなされておられまする。まもなく、伊賀者は上様の軍門に降《くだ》りましょう」

いかに伊賀者が闇で最強であっても、将軍は天下を支配している。強烈な光の前に、闇は在り続けられない。勝敗は初めから明らかであった。

「追いこまれて、竹姫さまを」

「そして上様を」

二人は顔を見合わせた。

「しかし……」

難しい顔を鈴音がした。

「毒となれば、食事だけでなく、水もあぶない……いや、風呂の水、厠《かわや》の落とし紙まで気を遣わねばならぬ」

「落とし紙……」

つぶやくような鈴音に、聡四郎は問うた。

「落とし紙に毒を染みこませておく。男と違い、女は小用でも紙を使う。その紙に毒が塗られていれば……」

「……」

説明を受けた聡四郎が絶句した。

「食事に毒を盛るより確実かも知れぬ」

鈴音がうなった。

「それほどに……」

「わからぬか」

まだ理解しきれていない聡四郎へ、鈴音が訊いた。

「食べもの、飲みものは事前に毒味されている」

「でござろう」

さすがに聡四郎ていどでは、毒味などしないが、一定以上の身分ともなれば、当主、その一族の食事は、かならず毒味された。

「だが、落とし紙までは調べぬ」

「落とし紙ならば、誰が使うかわかりますまい」

聡四郎は問うた。

「違う。大奥では、身分によって使う落とし紙の質が変わる」

「落とし紙の質」

厠で使う落とし紙は、どこの家でも反古《ほご》と相場は決まっていた。専用の紙もあるが、使い捨てられるものに、江戸の者は金を出さない。

「知らぬのも無理はないか」

鈴音がしげしげと聡四郎を見た。

「高貴なお方のお身体に触れるものぞ。どこの誰が書き損じたかも知れぬようなものなど使えまいが。我らの局では竹姫さまに落とし紙の代わりとして白絹を裁断したものをお使いいただいておる」

「白絹……」

聡四郎は目をむいた。

値段の張る白絹を小さくきるとはいえ、一度使って捨ててしまう。

「大奥が金を喰うはずだ」

その無駄遣いに、聡四郎は納得した。

「下賤の者の考えはそのていどよな」

あからさまなさげすみを鈴音が見せた。

「なぜでござる」

聡四郎は尋ねた。

「大奥で身分ある女はなんのためにおる」

「上様のお手つきとなるためでござるか」

問われた聡四郎は答えた。

「そうだ。吾を含め、大奥の女たちは、上様のお手がつくことを最初の条件として、ここにおる。そして、我らの股は、上様の大切なご精をちょうだいするための場所である。そこが、紙などで荒れてよいとでも」

鈴音が責めるように言った。

「竹姫さまが白絹を使われるのは、上様のおためである」

大奥の女中全体の話を竹姫一人の問題へとすり替えた鈴音が、堂々と胸を張った。

「もちろん、我らの使うものと竹姫さまのご使用になる白絹は質が違う。羽二重《はぶたえ》のような手触りのものだけを選んで、竹姫さま専用としている」

「………」

吉宗のためと言われては、反論のしようがなかった。聡四郎は黙った。

「話はそれだけであるな」

「さよう」

「ならば……」

すばやく立って、鈴音が竹姫のもとへ戻った。

「用はすんだかえ」

「すみましてございまする」

聡四郎ではなく、鈴音が応えた。

「では、妾は局へ戻る。姉さまによろしゅうな」

「ははっ」

聡四郎は竹姫が去るまで平伏した。

三

五菜の太郎は、七つ口で御広敷伊賀者からの検めを受けていた。

「持ちものを出せ」

大奥へ出入りする五菜は、御広敷伊賀者によって禁制の品などを持ちこんでいないかどうかを調べられた。

「……これは」

懐の膨らみに気づいた御広敷伊賀者が、太郎を睨んだ。

「館林のご家老さまより、天英院さまへのお見舞いでござる」

「お見舞いか……」

小声で告げる太郎に、御広敷伊賀者がひるんだ。

大奥の主は将軍の御台所である。今の将軍御台所はすでに死んでおり、吉宗があらたに妻を迎えていないため、大奥に主はいない。幕府が将軍なしで成立しないように、大奥も主なしでは困る。そこで出てくるのが、六代将軍家宣の御台所であった天英院である。家宣の逝去に伴い、天英院も大奥の主の座を降りているが、七代将軍家継は御台所を迎えず、吉宗にもいないこともあり、そのまま君臨し続けていた。

月光院との確執や、吉宗との不仲もあるため、往時ほどの勢いはないが、天英院の機嫌を損ねては、無事ではすまない。

「……よし」

御広敷伊賀者が苦い顔で手を振った。

「ありがとうございまする」

太郎が一礼して、七つ口を通過した。

「あれは侍だな」

検査した御広敷伊賀者の後ろから同役が話しかけてきた。

「一紀《かずき》もそう見たか」

声をかけられた御広敷伊賀者が振り向いた。

「伍郎《ごろう》も気づいていたであろう。あの腰の運び、背筋の伸び方。なにより、左肩を少し上げる癖」

一紀が述べた。

武士には大きな癖があった。子供のころから左腰に重い刀を差して生活しているのだ。普通にしていれば、身体が左に傾いてしまう。それを矯正するため、左肩を上げる。そうしなければ、まっすぐ歩くことさえ難しい。その癖が身体に染みついてしまう。いや、体軀にまで変化は及ぶ。左肩の骨が外へ向かってゆがんでしまう。そうなれば、刀を取り去ったところで、もとに戻ることはない。もと武士というのは、少し心得のある者にはすぐに知れた。

「もと武士の五菜か」

「裏がありそうだな」

一紀が口にした。

「止めておけ。天英院さまにかかわるのはまずい。白也《はくや》が死んだ話は聞いたろう。あれは天英院さまの命だというぞ」

伍郎が制した。

「……深川八幡宮か」

難しい顔を一紀がした。

「なあ……」

一紀が声を消した。

「なんだ」

伍郎が応じた。

忍には独特の会話方法があった。唇の動きで相手の意志をくみ取るのである。読《どく》唇《しん》の術といい、相手の顔が見えないところでは使えないが、決して盗み聞きされるおそれはなかった。

「山里が敵に回ったというのはまことか」

「……山里だけではない。明屋敷と小普請も味方ではない」

訊いた一紀に、伍郎が答えた。

「数からいって、怖れるほどのものではないが……」

一紀が語尾を濁した。

四つに分かれた伊賀者のなかでもっとも多いのが御広敷伊賀者であった。定員は九十六人とされ、西の丸大奥があるときは、さらに六十人ほどがいた。対して山里伊賀者は九人、小普請と明屋敷は十三人ずつと、三つ合わせても三十五人しかおらず、御広敷伊賀者の半分にも満たなかった。

「油断はできぬ」

伍郎が表情を引き締めた。

「どう思う。組頭のことを」

「……」

問いを続けた一紀に、伍郎が沈黙した。

「吾はどうかと思う」

一紀が先に意見を言い、伍郎の反応を待った。

「……ああ」

間を置いたが、伍郎が同意した。

「敵は上様だというではないか。将軍家に喧嘩《けんか》を売って、勝てるはずなどない」

「……いや。死を覚悟した十人がいれば、どうにかなる」

伍郎が否定した。

「害するだけならば、忍の意味はない。誰がやったかわからぬように、いや、殺されたとは気づかせぬようにして命を奪う。それができて初めて伊賀の仕事であり、我らも生き残れる」

「たしかにな」

「御庭之者の警固を排した段階で、伊賀者の仕業《しわざ》と知れる。そうなれば、御広敷伊賀者は終わる。いかに上様を嫌っている連中でも、主の首を取るような忍を飼い続けはせぬ」

顔をゆがめて伍郎が述べた。

「藤川の話によると、九代将軍となられるお方と話ができているとのことだが……」

一紀は藤川に敬称を付けなかった。

「甘いとしか言いようがないな」

「あの藤川のことだ、口約束だけではなく、いろいろ手は打っているだろうが、天下を取った者にはつうじまい」

伍郎が嘆息した。

「誘いは来ているのだろう。たしか、おぬしの女房どのは明屋敷伊賀者の娘であったはず」

表情をさらに引き締めた一紀が言った。

「おぬしもだろう。弟が小普請伊賀者のところに養子に出ていたな」

じっと伍郎が一紀を見た。

「我らだけではあるまい」

「ああ。山里伊賀者を含め、小普請伊賀者、明屋敷伊賀者と縁のある者は多い。そのすべてに手は伸びていると考えるべきだな」

一紀の言葉に、伍郎が首肯した。

「一枚岩は固い」

「だが、沈みゆく船にいつまでも乗っているのは愚か者だ」

伍郎の言いぶんに一紀が反した。

「吾は誘いに応じるつもりだ」

一紀が宣した。

「吾がそれを組頭に漏らすかも知れぬぞ」

言った一紀を伍郎が脅した。

「構わぬ。滅びるかどうかの境目だ。切所《せっしょ》で怯えるようでは伊賀者などできぬ」

一紀が胸を張った。

「……うむ」

伍郎が認めた。

「おぬしも行動を共にする、でいいな」

「おう」

念を押す一紀に、伍郎がうなずいた。

藤川の手にあった岩に大きなひびが入った。


御広敷用人の下城は、担当している御台所、側室などのつごうでずれた。七つ口の閉まる夕七つ（午後四時ごろ）寸前に御用が入れば、その対応が終わるまで下城できず、ことと次第では不意の泊番《とまりばん》となることもあった。

その代わり、門限までなにもなければ、そのまま下城できた。

「ご一同」

御広敷用人のなかでもっとも古参になる小出半太夫《こいではんだゆう》が、七つの鐘を聞くなり立ちあがった。

「御用なしでござる。お先にご免」

小出半太夫がさっさと御広敷用人部屋を出ていった。

「では、わたくしも。お先でござる」

「拙者も」

次々と御広敷用人がいなくなった。

どこでももっとも新参《しんざん》が後始末をすると決まっている。聡四郎は御広敷用人のなかでただ一人の寄合席格《よりあい》を与えられているにもかかわらず、先達《せんだつ》たちの使っていた火鉢の炭に灰を被せてから、荷物を手にした。

「火の元を確認した」

用人部屋を出たところで、藤川が待っていた。

「お帰りでございますか」

何度も襲い来た相手に、愛想《あいそ》を言うほど聡四郎はお人好《ひとよ》しではない。苦い顔で藤川を見た。

「何用か」

「少しお手間をちょうだいいたしたく」

「…………」

下から窺《うかが》うような目で願う藤川を、聡四郎は睨みつけた。

「先日深川八幡宮で、わたくしの遠縁に当たる女が行き方知れずになりまして

……」

聡四郎の憤りを無視して、藤川が話し始めた。

「遠縁の女だと」

「はい。田舎から出てきたばかりで、江戸に不慣れなものでございますゆえ、迷ったか、それともなにかあって動けなくなっているのか」

藤川が続けた。

「それがどうかしたのか。探し人ならば、御広敷用人ではなく、町奉行に言うべきであろう。筋違いだ」

聡四郎は早々と話を打ち切ろうとした。

「ご存じではございませぬか。女にしては上背がありまして……」

「筋違いだと言ったのが聞こえなかったのか」

「いえ。遠縁の女、袖と申しますが、その者がいなくなった頃合いに、御用人さまが深川八幡宮におられたと聞きましたので、お見かけになられてはおられまいかと。なにぶん、雲を摑むような話でございまして。なんでも構いませぬ、お気づきのことがあれば、お教え願いたく」

一層卑屈《ひくつ》な態度を取りながら、藤川が言った。

「深川八幡宮にどれだけの女がおると思うのだ。百やそこらではきくまい。そのなかで顔を見たことのない女のことなど、わかるはずもあるまいが」

「一目見ただけでわかりまする」

「ほう。そんなに目立っていると」

自信ありげな藤川に、聡四郎が先を促した。

「あれだけの美形は、江戸にもそうそうおりませぬ」

自慢するように藤川が述べた。

「美形か。それならば、より探し易いだろう。美しい女に男の目は集まるからの。ここで、吾と無駄な話をしているより、深川辺りで訊いたほうが早いぞ」

「訊かなかったとお思いで」

藤川が語った。

「訊いたゆえに、用人さまへ声をかけさせていただいたのでござる」

「理解に苦しむ結論だな。任で疲れている。実《じつ》のない話につきあう義理もない」

聡四郎は藤川の相手を中断した。

「よろしゅうございますので。お目付さまにお話をさせていただきますぞ。水城さまのお屋敷に、傷ついた伊賀の女が囚《とら》われていると」

藤川が脅した。

「ふん」

聡四郎は鼻先で笑った。

「やればいい」

「…………」

あっさりと認めた聡四郎に、藤川が唖然とした。

「上様をあまり甘くみないことだ」

「どういうことで」

藤川が問うた。

「我が家に伊賀の女が一人いるのは確かだ。ただし、袖はそなたの遠縁ではない。山里伊賀者組頭遠藤家の娘よ。袖のあまりの美貌に血迷った御広敷伊賀者の一人に手籠めにされかけたところを我らが救い、屋敷に保護している。これについては、すでに上様のお耳に入れてある」

「……つっ」

すでに手配はすんでいるという聡四郎の説明に藤川が詰まった。

「残念だったな。いや、成功したのか」

「…………」

藤川が驚愕の顔をした。

「目的は袖の話ではなかろう。吾の足止め。違うか」

「……そのようなことは」

一瞬の間を挟んだ藤川が否定した。

「なんのために従者を屋敷に残したと思う。袖を逃がさぬためと、そなたたちによる手出しをさせぬためだ。そして……」

一度聡四郎は止めた。藤川の目をじっと見つめた。

「そちらの手出しを待つためでもあった」

「手出し……っ」

藤川が反応した。

「従者の代わりに吾が供をしてくれているのが、誰かくらいは調べただろう。調べれば、吾が師は片手が使えぬとわかる。片手で太刀は抜けぬ」

「罠……」

さっと藤川の顔色が変わった。

「策略は伊賀だけのものではない」

聡四郎は感情のない声で告げた。

「伊賀は大人しくしておけばよかった。そうすれば、上様のお連れになった御庭之者に探索方を奪われるだけですんだ」

「……」

頰を藤川がゆがめた。

「おまえが悪いのだ」

藤川が激発《げきはつ》した。

「勘定吟味役をしていたおまえが、御広敷に来るから……」

「闇の金を暴きに来たと思ったのか」

勘定吟味役の仕事は幕府の金の動きを糺すことである。すぐに聡四郎は藤川の恐怖に気づいた。

「御広敷伊賀者の禄で食えぬわけではない。三十俵二人扶持から三人扶持あるのだ。年にすれば十二両から十三両、組屋敷で店賃《たなちん》が要らぬだけ、庶民よりも楽なはず。仕事も三日に二度の勤務だ。二日働けば一日休み。一日の休みを内職にあてれば、十分やっていける。とはいえ、贅沢などはできぬ。武家には武家の体面がある。武術の修養もいるゆえ、余裕はない」

「くっ」

藤川が唇を嚙《か》んだ。

「その割に、御広敷伊賀者だけは、くたびれた姿をしていない。鞘もはげてはおらず、衣服も汗じみていない。ほかの小普請伊賀者や明屋敷伊賀者と比べると小綺麗に過ぎる」

「……」

聡四郎の指摘に藤川が黙った。

「となれば、御広敷伊賀者だけの余得があることになる。そして御広敷伊賀者の任は、隠密御用と大奥の警固、大奥女中の供だ。そこで金になりそうなものは二つ。一つは隠密御用の費用を懐に入れる」

淡々と聡四郎は暴いた。

「隠密御用は、目立ってはならぬだけに金がかかる。隠密とはいえ、御用だ。その費用は勘定方《かんじようがた》に請求され、勘定吟味役の手元にその書付《かきつけ》は回る。少し調べれば、わかった。きさまら、隠密御用で受け取った金をできるだけ余らせ、それを私していたな」

「……返さなくてよい慣例だ」

藤川が反論した。

「慣例だと。どこに記されている。勘定奉行どのに訊いてみるか」

「……」

ふたたび藤川が沈黙した。

「慣例とは見過ごされているだけだと知れ。今までの上様はそのような慣例があるとはご存じでなかった。しかし、ご当代さまは、それをよしとはされぬお方である。幕政にかかわるすべてを把握されようとなさっている。いや、すでに把握されているであろう」

吉宗とのつきあいは長く深い。聡四郎は吉宗をもっともよく知る者の一人であった。

「いかに将軍といえども、百年以上にわたって続いてきた慣習を一日でなくすなどできようはずはない」

必死で藤川が抗弁した。

「その考えが、幕府を腐らせたとわからぬのか」

大きく聡四郎は嘆息した。

聡四郎は勘定吟味役をしているとき、いくつもの慣習という名の悪癖を見てきた。寛永寺や両国橋の修復にかかる材料の仕入れは、いつも決まった相手であり、値段もいうがまま。幕府の普請《ふしん》ならばまだいい。それがお手伝い普請にまで及ぶのだ。各種のお手伝い普請を外様大名に課した幕府は、その使用する材料の仕入れまで指定する。指定された者は、市場価格よりもはるかに高い値段で、木材や瓦《かわら》などを押しつける。普請を命じられた大名の中には、木材を産する領地を持つ大名もいる。国元から送らせれば、江戸で買うよりはるかに安い価格で手配できる。ほぼ輸送費だけなのだ。当然である。それを幕府はわざと高い金で買わせる。表向きは大名の国力を削《そ》ぎ、謀叛を予防するためだが、すでに関ヶ原から百年どころではない。どの大名も財政の悪化に四苦八苦している。いや、その前に武家から戦う気概《きがい》が消えてしまっている。戦を起こすことなどできようはずもなかった。

譜代大名、旗本のなかでも優秀な者が選ばれてなる執政たちがそれに気づいていないはずなどない。無理な浪費は大名に借財を強いる。これは、四民の上にあるべき武家が、商人に頭を下げることで、身分制度の破壊に繫がる。武家が力を失い、商人が財を蓄える。立場の逆転である。

わかっているにもかかわらず、執政たちがこれを是正しないのは、暴利《ぼうり》をむさぼった商人たちから、巨額の賄《まいない》が献上されるからだ。

「己の懐を肥やすことだけを考える輩が、幕府を腐らせた。上様はそれを正そうとされている」

「ご老中さまたちを敵にしては、将軍でも……」

同じ内容を藤川は繰り返した。

「老中とはなんだ」

「……執政である。上様に代わって政をする」

「わからぬか。上様に代わってだ。これは、上様よりの依託《いたく》である。もし、依託がなくなれば、老中はどうなる」

「まさか……上様は、御老中をなくされるおつもり……」

藤川が息を呑んだ。

幕府隠密御用は、本来将軍が直接伊賀者に命じるものであった。しかし、時代とともに将軍は政をする幕府の中心から、名前だけの御輿《みこし》になり、隠密御用も老中が発するようになった。御広敷伊賀者は、老中から命を受けていたため、その権力の大きさを身近で感じていた。老中は、神君と讃えられる徳川家康の子孫である御三家や越前松平でさえ、呼び捨てにできた。百万石の加賀《かが》、外様最強と言われる薩摩でさえ、名前ではなく「その方」と扇子の先で指し示すことができるのだ。まさに、幕府の象徴といえる。その老中を吉宗は廃止しようとしている。藤川が絶句したのも無理はなかった。

「いいや」

聡四郎は否定した。

「上様は、老中をなくされはすまい。ただ、昔の形、将軍の補佐という立場へ戻されるだけだ」

「できるのか」

震えながら藤川が問うた。

「できるのか、ではない。なさるのだ。上様はかならずな」

きっぱりと聡四郎は宣した。

「さて、もう十分であろう。そなたの手の者が師を襲い、返り討ちに遭っている頃合いだ。急いて事を仕損じるそなたに、果たして何人付いてきてくれるかの」

聡四郎は哀れみの籠もった目を藤川へ向けた。

「御広敷伊賀者が崩れていくさまを、よく見ておけ」

「……………」

もう言い返す気力もない藤川を置いて、聡四郎は御広敷を後にした。

四

諸役人の下城時刻は昼八つ（午後二時ごろ）から夕七つと重なる。もちろん激務である勘定方や奥右筆《おくゆうひつ》などは、下城どころか、仕事の佳境にさしかかったところで、まだまだ残っているが、それ以外の役人は下城で、大手門へと押し寄せる。

主の下城を待つ供たちも集まり、大手門前の広場は混雑を極めていた。

「やれ、こんななかから聡四郎を見つけ出さねばならぬのか。大変だの」

七つ前に大手前に来た入江無手斎がぼやいた。

「気を付けよ」

「ご無礼を」

背中から押された武家が怒り、ぶつかった武家が詫びる。

「主が出て参りました。畏れ入りまするが、少し前を空けてお通し願いたい」

「無理を申されるな。隙間などござらぬ」

主君の姿を見つけた家臣が、無理矢理割りこもうとして、冷たくあしらわれる。

あちこちで小さなもめ事が起こっていた。

「御上《おかみ》は知らぬ振りか」

入江無手斎は、大手門前に立っている書院番《しょいんばん》同心が動こうとしないのを見てあきれた。

「そのうち大事になるぞ」

かつて戦で勝った、名のある武将を討ち取ったなどで武名を高め、尊敬を受けていた大名、旗本も、今ではその機会さえない。己の名前を天下に知らしめるなど夢となった。それが逆に、名前、面目へのこだわりとなっている。恥はかならず雪《すす》がなければならない。恥をかいてなにもしなければ、世間から笑いものにされ、つきあいも切られる。大名でさえ、そうなのだ。主持ちの家臣に至っては、恥をかかされただけで、主家の名前に傷を付けたとして切腹しなければならない。恥を雪いでも、喧嘩両成敗という幕府の法があり、切腹は免れないが、雪がなければ、家ごと潰される。雪いでさえおけば、己は死んでも家は残る。遺族に禄が渡され、生活の心配はない。どころか、恥を雪げば、表向きは罪に問われるが、主君の面目を立てたとして、後日遺族へ褒美が与えられることも多い。

「といったところで、誰もが命は惜しい。そうそう大事にはならんだろうが……」

入江無手斎は独りごちた。

「なにをするか」

「なんだと」

入江無手斎の少し前で、小者同士が争い始めた。

小者とは、荷物を持つ中間《ちゅうげん》や草履《ぞうり》取り、馬の轡《くつわ》取りなどのことだ。士分ではないため、あまり面目などは気にしなくていい。とはいえ、主家の顔にはかかわってくる。同格の家同士のもめ事ならば、互いに問題を起こした小者を処分するだけで、話をそれ以上拡げないが、老中の小者に小藩の外様あたりの中間が手を出したなどとなれば、大事になった。

原因となった者を処刑するだけではすまず、その供行列を差配していた供頭は切腹、場合によっては江戸家老も腹を切らなければ治まらないときもある。

「……みょうだな」

ますます派手になっていく小者の喧嘩に、入江無手斎が疑問を感じた。

「誰も止めに入らぬ」

小者たちの争いとはいえ、江戸城大手門前である。慌てて供頭辺りが、小者を叱りつけるのが普通であった。それが、周囲の武家全部が眉をひそめながらも、誰一人仲裁に入ろうとしていない。

「かかわりがない……」

迷惑そうな武家たちの目を見た入江無手斎が呟《つぶや》いた。

「……しゃっ」

入江無手斎が後ろから斬りかかられた。

「陽動か」

注意していた入江無手斎は殺気を感じて、身体をひねって避けた。

「……」

振り向いて入江無手斎が刺客を確認した。そこらじゅうにいる藩士風の若い侍が、太刀を手にしていた。

「なにやつか。儂を御広敷用人水城聡四郎の懸人《かかりうど》と知っての狼藉《ろうぜき》か」

太刀の柄に右手をかけながら、入江無手斎が叫んだ。

身元をはっきりさせることで、喧嘩ではなく狼藉者、あるいは乱心者に襲われたと周囲に報せたのである。

「……」

焦りが刺客蓮山の顔に浮いた。

「どうした。儂への意趣遺恨《いしゅいこん》ならば、名を告げよ。でなくば、乱心者として討ち取るぞ」

さらに入江無手斎が追いうちをかけた。

「ちいい」

蓮山がふたたび斬りつけてきた。

「ふん」

体《たい》を開くことで、入江無手斎はこれもかわした。

「せっかく小者を使って騒動まで起こして、気をそちらに向けさせたというに、ほんのわずかとはいえ、切っ先に殺気が籠もった」

わざと入江無手斎が、失敗の理由を語った。

「……」

蓮山の頰がゆがんだ。

「未熟者めが」

入江無手斎が弟子を怒鳴るように叱りつけた。

「刺客は失敗と悟《さと》れば、いさぎよく引くものだ。それもせず、まだ儂に挑むなど、論外」

「……刺客だと」

周りにいた武家たちがざわついた。

「誰ぞ、大手門の書院番へ報せよ」

武家たちが動き始めた。

「くそっ」

狼藉者という印象を一層強くするために、刺客という言葉を使った入江無手斎の意図に蓮山が憤慨《ふんがい》した。

「さっさと尾を巻いて逃げぬか」

「黙れ。太刀も抜けぬくせに。口だけで吾から逃げようとするなど」

頭に血がのぼった蓮山が口走った。

「刺客と認めたな。では、なぜ儂を襲う。剣での遺恨ならば、道場で受けるぞ」

強引に入江無手斎が刺客と決めつけた。

「水城の警固に付いたのを不幸と思え」

蓮山が太刀を振って威嚇《いかく》した。

「ご一同お聞きになられたか。水城は御広敷用人でござる。御上の役人を狙う輩は、謀叛も同じ」

「……あっ」

入江無手斎に踊らされたと知って、蓮山が唖然とした。

「謀叛人は退治せねばなりませぬ」

こうして入江無手斎は大義名分《たいぎめいぶん》を手に入れた。

「くそっ」

今さら逃げるわけにはいかなかった。周囲にいた者に顔も声も覚えられてしまったのだ。蓮山がほぞを嚙んだ。

「やあぁ」

構えを上段へと変えて、蓮山が迫った。

「……ぬん」

同じように間合いを詰めた入江無手斎が太刀を左手だけで抜いた。

「えっ……」

抜けるはずがない太刀が鞘走《さやばし》ったことに、蓮山は呆然《ぼうぜん》とした。

「……なぜ」

胴を存分に裂かれた蓮山は、己を斬った得物《えもの》を確認することもできずに死んだ。

「馬鹿な……」

入江無手斎の左にいた少し歳嵩《としかさ》の武家が漏らした一言を、入江無手斎は聞き逃さなかった。

「やはりもう一人いたな。あのていどの者をたった一人で出すとは思えなかった」

入江無手斎が切っ先を向けた。


「……しまった」

歳嵩の武家が後ろに跳んで太刀を抜いた。

「太刀の鞘に脇差とは……」

まだ歳嵩の武家は動揺していた。入江無手斎は、片手だけでも抜けるように、わざと刃渡りの短い脇差を太刀の鞘へと納めていた。

「ふん。聡四郎が襲われている。その相手は伊賀者だという。その聡四郎を守るのだ。なにかの工夫をせねばなるまいが。相手に応じて手段を変える。臨機応変は、剣術の、いや、すべての武術の極意である」

言いながら入江無手斎が滑るように間合いを詰めた。

「疾《はや》い」

あっという間に間合いに捉えられた歳嵩の武家が、急いで太刀を振り下ろした。

「腰が入っていない。見せ太刀だと丸わかりだ」

三寸（約九センチメートル）先を過ぎていく切っ先を瞬《まばた》きせずに見つめて、入江無手斎が一歩踏みこんだ。

「わあああ」

歳嵩の武家が流れた切っ先を戻そうとしたが、間に合うはずもなかった。

「生かしておいても、しゃべるまい。一人でも減らせば、後が楽だ。死んでおけ」

冷酷に言った入江無手斎の脇差が、相手の鳩尾《みぞおち》に沈んだ。

「……ぐえええええ」

潰されたような声を最後に、歳嵩の武家が絶命した。

「……あいつめ、いつも危ない橋ばかり渡りおる。まだまだ手助けしてやらねばならぬな」

入江無手斎が脇差を引き抜いた。

「さて、困った。片手では血が拭えぬ。さっさと来ぬか、馬鹿弟子」

大手門のほうへ入江無手斎は目をやった。

第五章　伊賀のあがき

一

八代将軍吉宗の一日は慌ただしい。

「もおおおおう」

「起きておる。騒々しい声をあげるな」

夜明けとともに宿直の小姓が発する奇声を、苦々しい顔で吉宗が中断させた。

「日が昇れば、自然と目は覚める。わざわざ牛の鳴き声を聞かせるな」

「しかし、これは慣例でございまして」

小姓組頭が言いわけを試みた。

「そうか。では、今、命じる。朝は静かにいたせ」

「家光さま以来続いて参りましたもので……」

「聞こえなかったか」

吉宗が小姓組頭を遮った。

「躬《み》が、そうせよと言ったのだ」

「……承知いたしました」

小姓組頭が引いた。いかに何代も続いたきまりであっても、現将軍家の命より重いわけではない。

「洗面を」

「うむ」

小姓が差し出した輪島塗《わじまぬり》の桶《おけ》から水を両手で掬《すく》い、吉宗は顔を洗った。

「お漱《すす》ぎを」

「ああ」

続いて小姓から房楊枝《ふさようじ》を受け取った吉宗が歯を磨いた。

これも吉宗がやり方を変えさせていた。紀州藩の公子とはいえ、家臣の屋敷で育てられた吉宗に、身の回りの世話をする家臣や女中はつけられなかった。一人で何でもするしかなかったのだ。一人でする癖がついてしまえば、他人の手を借りる気にはならない。歴代の将軍が、小姓に任せきっていた朝の仕度を、吉宗は自らの手ですると宣していた。

「おはようございまする。上様にはご機嫌麗しく」

「近江守か。とりたてて機嫌がいいわけではない。いつもと変わらぬ」

決まり切った口上に、吉宗が言い返した。

「お元気なご様子、なによりでございまする」

子供のころから一緒に育ったも同然の加納近江守は、落ち着いて対応した。

「用か」

「朝餉がすみました後でも」

問われた加納近江守が、急ぎではないと告げた。

「わかった。しばし、控えておれ」

用意された膳に吉宗は箸を付けた。

もとは三の膳まであった将軍の朝餉を吉宗は一汁一菜《いちじゆういつさい》に減らしていた。それも白米ではなく玄米に変えさせる徹底ぶりであった。

玄米は堅い。ゆっくりとよく嚙まなければ味がないばかりではなく、胃にも悪い。吉宗は時間をかけて朝餉を食した。

「……待たせた」

「いいえ」

加納近江守が首を振った。

「庭に出るか」

「お願いできましょうや」

密談をするかという吉宗に、加納近江守が願った。

「少し散策してくる」

「お目通りを願う者たちが参りましたれば、お報せいたしますか」

「不要じゃ。待たせておけ」

小姓組頭の伺いに手を振って、吉宗は御休息の間近くの中庭へ出た。

「申せ」

四阿《あずまや》に入るなり、吉宗が促した。

「山里伊賀者より報せがございました。御広敷伊賀者のうち十八名が上様へお詫びを申しあげるとのことでございまする」

「十八名か。少ないな。思ったよりも結束は固いか」

吉宗が意外だと言った。

「いかがでございましょう。おそらく様子見をいたしておるのでは」

加納近江守が述べた。

「愚かな。御広敷伊賀者は躬に戦いを挑んだのだ。となれば、味方か敵か、そのどちらかになるしかあるまい。中立など許されまいに」

聞いた吉宗があきれた。

「勝つ方に与したい。そう思う者は多ございましょう」

「将軍に喧嘩を売って、伊賀者ごときが勝てると思っておるというのが、不思議だ」

吉宗が嘆息した。

「本来ならば、抗《あらが》うなど考えもしないはずでございまする。それを突っ張れるというのは……」

「躬を排し、九代将軍となるだけの人物を後ろ盾にしている」

加納近江守の言葉を、吉宗が口にした。

「どなたさまでございましょう」

「さあの。少なくとも四人はおる。御三家と松平清武だ。もっとも将軍となるには、神君家康公のお血筋であればいい。となれば、数えきれぬな」

吉宗が首を振った。

「といっても、誰と結ぼうが、意味はない。将軍は躬なのだ。躬が決めたならば、御三家であろうが、越前松平であろうが、潰せる」

淡々と吉宗が言った。

「御広敷伊賀者を警固と雑用に割りまするか」

「まだ早かろう。もう数日様子を見ようぞ」

動くかと問うた加納近江守を、吉宗は抑えた。

「早めに手出しして、病根を残しては意味がない。二度と病にならぬよう、しっかり根本から断たねばならぬからな。腫《は》れきるまで待ってから切るほうが、膿《うみ》はよく出る」

「はい」

加納近江守が首肯した。

「その間に、水城が多少減らすであろうしな」

「よろしゅうございましたので。御広敷伊賀者組頭の藤川某を挑発させて」

吉宗の手立てに加納近江守が危惧を表した。

「水城ならば、問題ない。伊賀者に負けはすまい」

「それは仰せのとおりかと存じますが……」

加納近江守が言いにくそうな顔をした。

「……竹のことか」

「はい。大奥は御広敷伊賀者の手のなか。なにやらしでかしはしませぬか。追い詰められた鼠《ねずみ》は猫を噛むと申しまする」

竹姫の安否を加納近江守が心配していた。

「そのための楔《くさび》よ」

吉宗が口の端をゆがめた。

「御広敷伊賀者を二つに割った。一つは躬に逆らう愚か者。そしてもう一つは、その愚かさに気づいた者。もし、愚か者が竹に手出しをすれば、躬は伊賀を許さぬ。江戸の伊賀者だけでなく、郷にいる者まで九族根絶やしにする。それは伊賀者たちもわかっていよう」

伊賀者を根絶やしにすると吉宗は淡々と宣した。

「それをわかっているならば、たとえ組頭が竹姫を襲えと命じたところで、従うまい」

「藤川に与する者だけでおこなうということも……」

加納近江守が懸念を口にした。

「躬に膝を屈した者たちが、させると思うか。しっかり組頭には目を付けていよう、いや、すでに竹姫の陰守《かげもり》をしているはずだ。愚か者と一緒に滅びたくはないだろうからな」

「……そこまでお考えで、山里伊賀者を……」

吉宗の策に、加納近江守が感嘆した。

「政は一手先では足らぬ。最低でも三手先を読み、五手先の万一に備えていなければならぬ」

「畏れ入りましてございまする」

加納近江守が頭をさげた。

「組頭も竹を襲うのは最後だとわかっている。その前に、水城を……いや、水城に捕らえられた女忍を片付けようとするはずだ。うまく立ち回れ、水城。伊賀者を減らすだけでなく、郷忍と江戸の繋がりを切れ。それくらいはしてくれねば、話にならぬ」

感情のこもらない声で、吉宗が述べた。

藤川も馬鹿ではなかった。すでに組内に大きな亀裂が生じていることを感じていた。

「寝返ったのは、佐武郎兵衛《さぶろべえ》に早作《はやさく》、伊蔵《いぞう》……二十名弱か」

「だけではあるまい」

初老の伊賀者が首を振った。

「わかっている。あと二十名ほどはいつ寝返ってもおかしくはない」

言われた藤川が苦い表情を浮かべた。

「まずったの」

「わかっておる」

指摘されて藤川が嫌な顔をした。

「最初のすれ違いが、御広敷伊賀者をここまで追いこんだ」

「しつこい。わかっておると言った」

念を押す初老の伊賀者に、藤川が怒鳴り返した。

「ならばもう言うまい。伊賀者頭領としての責をはたせよ」

「……………」

藤川が沈黙した。

「のう源老《げんおう》よ。なぜ儂についた」

藤川が問うた。

「息子を殺されたからな」

表情も変えず、源老が答えた。

「儂に子は一人しかおらぬ。家を譲り、つぎは孫だと思っていた。しかし、嫁と存分に睦《むつ》み合う間もなく、息子は散った。儂の血も絶えた」

他人事のように源老が続けた。

「死に行くだけの年寄りにとって、子や孫は、己がこの世にいた証である。息子が嫁をもらい、孫を作ってくれる。それを見れば、吾が血は二代続いたと言える。その先も途切れずに繋がっていく。そう思うだけで、死は怖くなくなる。儂は死んでも、血は残る。儂の為したこと、子を作り、代を重ねたという功績が残る。それが潰えた。もう儂にはなにもない。残ったのは血を吐き骨身を削って身につけた忍の技だけ」

源老が顔をあげた。

「その技もほとんど使うことはなかった。当たり前だな。泰平《たいへい》の世だ、我らの仕事は女のお守り。大奥に入って無防備な将軍を陰から警固する最後の砦《とりで》などという名前だけの仕事。いまどき、将軍の命を狙う者などおるはずもない。その任にあること二十五年。儂は一度も戦わなかった」

現役のころを源老が回顧した。

「使ってみたかった。伊賀の山で学んだ忍の技を。だが、なにもなければ試すわけにもいくまい。なにもないのが幸い。それはたしかだ。儂も息子が死ぬまでそう感じていた。一度も戦わなかったことが誇りだった。その誇りは、次代に譲れたからこそ持ちえたもの。それがなくなったのだ。ならば、もう我慢せずともよかろう」

「……ああ」

子に先立たれた親の悲壮な言葉に、藤川は反応のしようがなかった。

「伊賀者だから殺していい。将軍だから死んではいけない。そんなことはない。死は誰にでも訪れる唯一平等なものだ」

「……待て、源老」

藤川が源老の意図を悟ってあわてた。

「将軍に手出しをするのはよせ。無理だ。それこそ、御広敷伊賀者が滅ぼされる」

「それがどうした。儂にとって、もうこの世は不要なのだ。そして、不要なもののなかに御広敷伊賀者も含まれている」

止めようとする藤川に源老が言い返した。

「なにを言うか。御広敷伊賀者を守るために吾は奮闘しているのだぞ」

藤川が源老に迫った。

「吾が息子は、その守るための対象ではなかったのだろう」

源老が氷のような声を出した。

「違う。おぬしの息子は御広敷伊賀者のために戦って、名誉の死を迎えたのだ。いわば、おぬしの息子のお陰で、御広敷伊賀者は残った。息子の遺志を無にするな」

「違うな」

必死に説得しようとする藤川へ、源老が首を振った。

「息子は生《い》け贄《にえ》になったのだ。残った者たちの明日のためのな」

「わかっているならば……」

「その残った者のなかに、吾が血はない」

さらに続けようとした藤川を、源老が拒んだ。

「将軍を襲えば、どうあろうとも御広敷伊賀者は潰される。我らは生き残るために抗っているのだぞ。馬鹿な考えを捨てよ。さもなくば、手荒な手段をとることになるぞ」

説得をあきらめた藤川が、強い口調で命じた。

「無駄だ」

源老が平然と言い返した。

「ならば、しかたなし。引導《いんどう》を渡してくれる」

藤川が脇差に手をかけた。

「……止めとけ」

不意に背後から刃が現れ、藤川の首筋に当てられた。

「その声は、太埜《たの》」

藤川が息を呑んだ。

「儂もおるぞ。佐野《さの》の松弥《まつや》もな」

さらに一人が名乗りをあげた。

「まさか……」

「我らも源老と同じよ。儂などさらにきついわ。長男を御広敷用人に殺され、代わって家を継いだ次男も京で果てた」

佐野が述べた。

「儂も次男を失った。長男は生まれてすぐに、病で逝《い》っておる。残る者もなし」

「太埜、おぬしには妻がいたろう。一人になった妻のことを考えろ」

かろうじて藤川が、制止の材料を思い出した。

「妻か。先ほど始末をつけたわ。さすがは伊賀の女よ。儂の手を借りることなく見事な最期であった」

誇らしげに太埜が答えた。

「……」

藤川が絶句した。

「さて、おぬしの仕事は一つ。我ら三家を絶家とする手続きを取れ。急げよ。我らは今から御休息の間へと向かう。のんびりしていたら、巻きこまれるぞ」

源老が告げた。

「すまんな。忍の血が治まらぬのだ。思い残すことのなくなった今、我らは精一杯戦える。紀州の田舎忍と伊賀正統の我ら。どちらが上か、試してみたくてたまらぬ。藤川、おぬしもそう思うであろう」

佐野も続けた。

「……」

言われた藤川が沈黙した。

「それにな……」

太埜が佐野の後を引き取った。

「我らの手が将軍に届けば……御庭之者より、伊賀が上との証明になろう」

「……うむう」

笑うように言う太埜に、藤川が唸《うな》った。

「……わかった。ただし、少しだけ待て。絶家届けを奥右筆まで出すだけの間をよこせ」

藤川が認めた。

「けっこうだ。ただし、みょうな考えをおこすなよ。我らを上様に売って、己の保身をなどと無駄なまねはするな。我らは係累《けいるい》を失ったゆえ、表に出ただけだ。組内には、我らと思いを一つにする者はまだいる。下手《へた》なまねをすると、上様より先に、おぬしの命がなくなる」

源老が釘を刺した。

「わかっておるわ。第一、今さら許しを乞うたところで、吾は助かるまい。将軍の女に手出ししたのだ」

苦い顔で藤川がうなずいた。

二

将軍の居室が御座《ござ》の間から御休息の間に移ったのは、五代将軍綱吉《つなよし》のときだ。ときの大老堀田筑前守正俊《ほったちくぜんのかみまさとし》が、若年寄稲葉石見守正休《いなばいわみのかみまさやす》の手で刺殺されるという殿中《でんちゅう》刃傷《にんじょう》の影響で、その現場となった御用部屋に近い御座の間より、より奥になる御休息の間へと、将軍警固の観点から変えられた。

政務を執る部屋としての機能もあった御座の間に比べて、将軍の私的な場所でしかなかった御休息の間は小さい。だけでなく、装飾や壁、天井の厚みも劣る。居室とするおりに、将軍の座する上段の間の床板は釘打ちされ、畳の下に刃物を防ぐための鉄板を敷いてはいたが、それ以上の対策は取られなかった。

江戸城の中奥で将軍が襲われるなど、ありえないと信じこんでいたのだ。

八代将軍として紀州から江戸へ入った吉宗も、己の居室の設備は気にもしていなかった。それよりも幕政には急を要するものが多かった。

「庄左衛門《しょうざえもん》」

「揺れたな」

御休息の間天井裏で警固に就いていた御庭之者二人が顔を見合わせた。御休息の間の天井裏は、吉宗のいる上段の間を中心にして、板で囲われていた。板で囲えば、天井裏の空気は留まる。もし、誰かがその板に細工をすれば、留まっていた空気が揺れる。どれほど静かにことを為そうとも、空気の動きをなくすことはできなかった。

「侵入者だな」

「ああ、万五郎《まんごろう》、油断するなよ」

顔を見合わせて二人は、警戒に入った。

この場合、襲撃者の有利は一つ。いつ襲うかを決められるときの利である。対して守る側の利は地の利。十分に地形を熟知しているだけでなく、あらかじめ準備もできていた。

「やれ、もうばれたか」

天井裏の闇から声がした。

「思ったよりもやるの」

別の声が感心した。

「向こうも二人らしい。儂が左をもらう。おぬしは右をな」

「わかった。先に御庭之者を倒したほうが、吉宗に挑めるでよいな」

「よかろう」

襲撃者の話し合いが終わった。

「……しゃっ」

闇のなかから手裏剣《しゅりけん》が飛来した。

「……」

御庭之者西村《にしむら》庄左衛門が梁を盾にした。

「はっ」

口のなかで気合いを発し、庄左衛門が八方手裏剣を放った。

鉄芯の先を尖らせたような棒手裏剣は直進しかしないが、なまじの防具など貫くだけの威力を持つ。対して八方手裏剣は、星形に切り抜いた薄い鉄板の周囲に刃を付けた形をしている。四方、八方、十六方など形は多々あるが、そのどれも貫通力《かんつう》では棒手裏剣に遠く及ばない。首や目などの急所に当たらない限り、一撃で敵を倒すことはできないが、代わりに投げ方一つでいろいろな軌道を描かせられた。梁の向こう、柱の陰に敵が潜んでいても狙えるのだ。

「……おう」

隅の柱の陰で声がした。

「その梁の陰か」

太埜が西村庄左衛門の位置を見抜いた。

「では、参る」

忍刀を抜いて、太埜が天井裏を駆けた。

「……………」

佐野も手裏剣を投げた。それも間を空けて三本を扇のように散らせた。

「……つっ」

中村《なかむら》万五郎が避けたが、最後の一本はかわしきれず、忍刀で打ち払った。金属と金属がぶつかり、火花を散らした。

「情けない」

鼻先で笑いながら、佐野が光った場所へ手裏剣を続けざまに叩きこんだ。

「くっっ」

そのすべてを中村は弾きとばしたが、動きを封じられた。

「場所を知られれば忍は終わりぞ」

佐野が走り寄りながら、忍刀を突きだした。

「……」

中村が受け止めた。

「おう」

被さるように佐野が押しこんできた。

「……なんの」

中村が支えた。

「しゃっ」

天井裏で太埜と西村がぶつかった。

光を反射しないように漆を塗った忍刀が、甲高《かんだか》い音を立てて食いこんだ。

「くっ」

「伊賀者だな」

勢いで優った西村が太埜を押しこんだ。

「なかなか……」

太埜が耐えた。

「愚か者が。上様のお命を狙って伊賀が無事ですむわけなかろうに」

西村が鍔迫《つばぜ》り合いを有利にすべく、揺さぶりをかけた。

「上様は苛烈《かれつ》なお方だ。伊賀の女子供、赤子《あかご》まで皆殺しになさるぞ」

「……我らは伊賀者ではない」

　太埜が嘯いた。

「ふん。上様が伊賀だと言われれば、伊賀なのだ。おまえが何者かはどうでもよい」

　鼻先で西村が笑った。

「それが将軍のすることか」

　怒りを太埜が口にした。

「従う者には明日を約束くださる。そして逆らう者からは明日を奪う。天下人なら当たり前のことだろう。他人の命を奪おうとした段階で、おまえたちは上様を非難する資格を失った」

　西村が忍刀を滑らせるようにして角度を変え、そのまま突きだした。

「ぐえええ」

　胸を突かれた太埜が呻《うめ》き、西村の忍刀を摑んだ。

「しつこい。さっさと死ね」

　西村が忍刀をひねったが、太埜の手は切れなかった。

「鉄甲《てっこう》か」

苦い顔を西村がした。鉄甲とは、手袋のような防具の要所に薄い鉄の板を縫いこんだものである。太刀の勢いを止めるだけの固さはないが、止まった刃ならば摑むことができた。

「離せ」

西村が太埜を蹴《け》り飛ばそうとした。

中村もなんとか不利を立て直した。相手を柱へと押しつけることに成功した中村が、嵩にかかった。

「謀叛人が」

「我らにも一分の義はある」

佐野が述べた。

「天下は上様のものである。その上様に逆らう者に義などないわ」

忍刀から左手を離した中村が、佐野の顔を殴った。

「ぐう」

佐野が呻き、少し忍刀の圧力が緩んだ。

「死ね」

中村が忍刀で佐野を貫きとおし、柱に縫い留めた。

「…………」

苦痛の声を佐野は漏らさなかった。

「我らに及ばぬゆえ、隠密御用を外されたと知れ」

止《とど》めをとばかりに中村が言い放った。

「……及ばぬのは……おまえたちだ」

苦しい息の下で、佐野が言い返した。

「なにを……」

中村が唖然とした。

「行け、源老」

「任せたぞ」

太埜と佐野が口を揃えた。

「すまぬ。先に逝っていよ」

天井のはるか上、梁の陰から返答がして、そのまま影が落ちた。

「なにっ」

「まだいたのか」

御庭之者二人が驚愕した。

「貴様ら、囮《おとり》か」

西村が気づいた。

「離せ」

「じゃまだ」

二人がそれぞれの忍刀を握っている伊賀者を怒鳴った。

「遅いわ」

「吉宗を道連れじゃ。悪い死出の旅路ではなかろう」

佐野と太埜が満足そうに笑った。

「上様」

中村が悲愴な叫びをあげた。


政務を執っていた吉宗が天井を見あげた。

「万五郎の声……」

吉宗は背後に控えていた太刀持ちの小姓へ手を伸ばした。

「刀を寄こせ」

「はっ……」

かつてないことに小姓が戸惑った。

「さっさと寄こせ」

吉宗が身体を伸ばして太刀の柄をつかもうとした。

「……」

天井板が破られ、人影がそこへ落ちてきた。

「何者ぞ」

転がって避けた吉宗が誰何《すいか》した。

「世直しに参上つかまつった。諸悪の根源、徳川吉宗の首ちょうだいつかまつる」

忍刀を角のように頭の上にして落ちてきた源老は、目標が避けたと知って、空中で身をひねり、見事に足で降りてみせた。

「曲者《くせもの》」

上段の間襖際にいた小姓組頭が、大声を上げた。

「伊賀者か」

小姓から奪うようにして太刀を取って、吉宗が構えた。

「無駄なことを。殿さま剣術では防げませぬ。無理に抗って苦しい思いをするより、さっさと首を討たれるが楽でござるぞ。老婆心《ろうばしん》までにご忠告いたそう」

するすると源老が間合いを詰めてきた。

「愚か者が。少しでもときを稼げば、助けが来る。ここは中奥である。小姓番だけでなく、新番《しんばん》もおるわ」

言いながら、吉宗は足下にあった文箱《ふばこ》を蹴りあげた。

「……意味ないとお知りあれ。拙者がここにいるということは、御庭之者の守りは破られたのでござる。小姓など何人いても、拙者の敵ではない」

首を振って文箱を避けた源老が吉宗へ斬りかかった。

「そうか。そちらが御庭之者を抑える手立てを講じたように、躬も万一の応手《おうしゅ》は考えてある」

「偽りを言われるな。武家の統領《とうりよう》として恥ずかしいとは思いませぬのか」

あきれながら源老が忍刀を振りあげた。

「ふん。伊賀を敵にして、なんの手も打たぬほど、躬は間抜けではないわ」

吉宗が嘲笑した。

「……ぐっ」

あと半間（約九十センチメートル）で吉宗に切っ先が届くというところで、源老の足が止まった。

「御庭之者が二人。それも天井裏だけだと誰が言った。裏の裏を読んでこその隠密であろう。目の届くところにいる躬や御庭之者の動きさえ見切れずに、薩摩や伊達の内情を調べられるわけなかろう。伊賀から隠密御用を取りあげて当然だな」

「……」

返答もなく、源老が崩れた。源老の後ろ首に深々と手裏剣が突き立っていた。

「ご苦労であった、吉平《きちへい》」

御休息の間下段中央で手裏剣を投げた小姓を吉宗はねぎらった。

「申しわけもございませぬ。上様の御身に危難が及びましたこと、深く深く」

御庭之者、古坂《こさか》吉平が平伏して詫びた。

「よい。気にするな。躬の策である。これで伊賀も折れよう」

吉宗が古坂たち御庭之者の責ではないと言った。

「近江」

「……これに」

顔面を蒼白《そうはく》にした加納近江守が前に出た。

「上様……」

手をついた加納近江守が、吉宗を見上げた。

「意見は聞かぬぞ」

吉宗が遮った。

「いいえ。それでもさせていただきまする。将軍ともあろうお方が、御自らを囮にされるなど論外でございまする」

加納近江守が諫言した。

「うまくいったではないか」

「今回はそうであったかも知れませぬ。しかし、次もうまくいくとは限りませぬ。上様はかけがえのないお身体でございまする。今後、このようなまねはなさいませぬよう」

機嫌を損ねれば、幼なじみといえども吉宗は容赦ない。悲壮な覚悟で加納近江守が述べた。

「……すまなかったな」

吉宗が頭を下げた。

「なにを……」

加納近江守だけでなく、その場にいた全員が驚愕した。将軍が家臣に詫びるなどありえていい話ではなかった。

「早くかたをつけるには、誘い出すしかなかった。このままでは、伊賀は面従腹背《めんじゅうふくはい》、いつ牙をむくかわからぬ。躬はいい。中奥でこうやって幾重にも守られておるからな。だが、長福丸はどうだ。今後躬が産ませる子供たちは。大奥は伊賀の範疇だ。躬に含むものを持つ御広敷伊賀者の手元に、弱き者たちを置けるか」

懇々と吉宗が語った。

「お心はわかりまする」

背筋を加納近江守が伸ばした。

「すんだことを、これ以上は申しませぬ」

一度加納近江守が言葉を切った。

「ただし、これを最後にしていただきまする」

強い口調で加納近江守が言った。

「……………」

「古坂」

黙った吉宗から古坂吉平へと加納近江守が矛先を変えた。

「はっ」

御庭之者の身分は低い。御側御用取次は雲の上の人である。古坂が頭を低くした。

「上様の警固を手厚くいたせ。二度と上様の目に刺客などという者が映らぬようにだ」

「…………」

古坂吉平が返答しなかった。

「上様に万一があってはどうする。今回のことでもそうだ。天井裏におる者、ここへ来よ」

加納近江守が怒っていた。

「…………」

天井裏は静かなままであった。御庭之者は御側御用取次の支配を受けている。とはいえ、これは形式であって、そのじつは吉宗の直属であった。御庭之者は、吉宗の命にだけ従った。

「……参れ」

吉宗が許可を与えた。

「はっ」

「ご免」

天井裏から西村と中村が下段の間へと降りてきた。

二人とも忍装束は返り血でべっとりであった。

「なにをしておる。そのような姿で御座の間へ……」

小姓組頭が怒鳴りつけた。

「かまわぬ」

「しかし、不浄な血を上様にお見せするなど」

手を振る吉宗へ、小姓組頭が言いつのった。

「将軍とはなんだ。武家の統領である。その武家の統領が血を嫌ってどうする。戦場での首実検《くびじっけん》は、勝利の証。武家の誉《ほま》れである。この者たちの身についた血は、躬のためについたものである。それを忌避《きひ》するなど主たる資格などない」

吉宗が小姓組頭を抑えた。

「……上様」

「畏れ入りまする」

西村と中村が、額を畳にこすりつけた。

「近江守」

話をしろと吉宗が促した。

「ご免を」

吉宗に一礼して、加納近江守が西村と中村へと振り向いた。

「そなたたち防げなかったのか、それともわざと下へ行かせたのか」

「……恥ずかしながら、わたくしも中村も相手を仕留めるのに手一杯で、一人を……」

加納近江守の問いに、西村がうなだれた。

「次また同じ規模で来たときは、どうだ」

「今度はかならず止めまする」

中村が告げた。

「では、今度の倍の規模で来たらどうなる」

「……それは」

重ねて訊かれた西村が詰まった。

「防げぬというのだな。古坂、もし四人、上様に迫ったならば、そなた一人で足りるのか」

「いいえ」

尋ねられた古坂が首を振った。

「上様」

ふたたび加納近江守が吉宗へ正対した。

「伊賀者と御庭之者では、たしかに御庭之者が勝ちましょう。ただし、これは一対一であればこそでございまする。しかし、現状、御庭之者は、伊賀者の半分もおりませぬ。数で来られた場合、上様をお守りすることができませぬ」

「だの」

あっさりと吉宗が認めた。

「そのために御広敷伊賀者を割った。このようなことは二度と起こらぬ」

吉宗が述べた。

「果たして……」

「西村、そやつの覆面をはげ」

加納近江守を制して、吉宗が命じた。

「はっ」

西村が源老の顔を露わにした。

「……」

若い小姓の何人かが顔をそむけた。

「やはり若くはないな。上の二人もそうであろう」

「さようでございました。この者とよく似た歳ごろかと」

吉宗の確認に、西村が答えた。

「近江守、あとで奥右筆に問うてみろ。きっちり三家のぶん、御広敷伊賀者から絶家届けが出されているだろう」

「では、この者たちは……」

加納近江守が息を呑んだ。

「跡継ぎを水城によって葬られた者どもだろう。先がなくなったゆえ、乾坤一擲《けんこんいってき》の戦いに出た。いや、躬に対する命をかけた警告というべきか」

小さく吉宗が嘆息した。

「あまり伊賀をいじめるな。追いこまれた鼠は嚙みつくぞと」

吉宗が哀れみをこめた目で源老を見た。

「では……」

「ふん」

問うような加納近江守へ、吉宗は鼻を鳴らした。

「折れるわけにはいかぬ。躬がここで引けば、幕政の改革は崩れる。命惜しさに引いた者の指示など、誰が聞くか」

吉宗が力強く続けた。

「幕政はもうどうしようもないところまで来ている。歴代の将軍の怠慢、執政どもの無責任、役人どもの事なかれ。幕府は明日倒れてもおかしくはない。ただ、幕府を倒すだけの気概《きがい》を持つ者がいない。そのお陰でまだ続いているだけだ。朝廷が大政を奉還せよと幕府に命じ、勅諚《ちょくじょう》を天下にばらまけばどうなるか。島津《しまづ》も加賀もすでに牙を抜かれて脅威ではない。しかし、今喰うに困っている下級の武家たちの不満が爆発するやも知れぬ。各地で勅諚を御旗《みはた》とした藩士たちの下克上《げこくじょう》が起こらぬとの保証はない。そうなれば、天下は乱れる。ふたたび乱世が始まるのだ」

「………」

御休息の間の全員が吉宗の演説に聴き入っていた。

「そうなればどうなる。力ある者はいいだろう。先祖の功でぬくぬくと大名でござい、重臣でございと偉ぶっている能なしどもを排除し、代わって大名になれようからな。では、力なき庶民たちはどうなる。戦をするには武器を買う金も要る。兵糧もだ。今でさえきつい年貢がさらに上がるのは確実。それに世の乱れは治安を失わせる。強奪、強姦が吹き荒れるぞ。天下すべてでどれだけの人が死ぬか。万ではすむまい」

「……ごくっ」

　誰かが喉を鳴らして唾を呑んだ。

「そうならぬよう、躬はもう一度幕府を立て直す。神君家康公が天下統一されたころに戻すことはできまいが、せめて五代将軍綱吉公の御世ほどにはな」

　吉宗にとって家康と綱吉は別格であった。徳川を天下人にした家康への尊敬は当然だが、生類憐れみの令という悪政を布《し》いた綱吉へも吉宗は敬意を払っていた。

　それは綱吉が吉宗の恩人だったからであった。

　母親の身分が低すぎたため光貞の子供と認められず捨て扶持で飼い殺されていた吉宗を綱吉が一門としてくれた。

　綱吉にすればただの気まぐれであったのかも知れなかったが、柳沢吉保《やなぎさわよしやす》から光貞には認められていない男子がいると聞かされた綱吉は、吉宗へ目通りを許したのだ。将軍に目通りした一門を捨て扶持でおいておくわけにはいかない。幕府は吉宗に越前葛野《かずらの》で三万石を与えた。三万石とはいえ実質五千石ほどしかない痩せた土地だが、吉宗は将軍綱吉によって紀州の分家として独立した。もし、そうでなければ、続いた兄たちの死で空いた紀州藩主への就任などありえなかった。光貞の認知を受けていない吉宗に、その跡を襲うだけの資格はない。紀州藩主だからこそ、八代将軍の座を争うこともできた。いわば、吉宗を八代将軍にしたのは綱吉であった。

「生類憐れみの令で金を遣う前の幕府だぞ」

一応と吉宗が付け加えた。

「幕府を百年続ける。そのために躬は将軍となった。脅されて引くようならば、最初から将軍などにはならぬわ。躬は引かぬ、いや、引けぬ。どのようなことがあってもだ」

吉宗が宣した。

「とはいえ、殺されては元も子もない。西村、天井裏に入りこまれぬようにいたせ」

「承知いたしました。では、我らはこれで」

ふたたび平伏して西村と中村が天井裏へと戻っていった。

「近江守、使いをせい」

「御広敷でございますか」

すぐに加納近江守が理解した。

「奥右筆でまず届け出を確認してから御広敷へ行き、絶家した三家の復活を躬が認めたと言ってやれ」

「……」

さすがに吉宗の意図を加納近江守が量りかねた。

「忍の本分を尽くした名家を絶やすのは惜しい。ゆえに小普請伊賀者から選んで跡を継がせ、御広敷伊賀者とするとな」

「それは……」

御広敷伊賀者への強烈な嫌みに、加納近江守が目を見張った。

「もう一つ付け加えてやれ。この三家の名前を躬が覚えたともな」

将軍が名前を覚えるという意味合いは大きい。いずれ引きあげるという出世だけでなく、末代《まつだい》まで保護を加えてやるとの意志もそこには入るのだ。

小普請伊賀者から御広敷伊賀者へ転じた三家に、これで藤川は一切の手出しができなくなった。

潰せない楔を御広敷伊賀者のなかへ、吉宗は打ちこんだ。

「承りましてございまする」

主命である。加納近江守が立ちあがった。

「あと、この者たちの死骸を四谷の伊賀組屋敷へ届けてやれ」

吉宗が追加した。

「一族として葬るか、かかわりのない者として引き取りを拒むか」

少しだけ眉をひそめながら吉宗が言った。

「引き取って葬るようならば、藤川もなかなかの男だが……。さあ、先ほどの続きじゃ。書付を整えよ」

もう騒動はすんだと吉宗が政に気を向けた。

三

御側御用取次が御広敷に来るなどまずないことである。加納近江守の姿が御広敷に現れた途端、小出半太夫が跳びあがって出迎えた。

「いかようでございましょう。お呼びいただければ、わたくしのほうから参上つかまつりましたものを」

小出半太夫が用件はわたくしにと暗に言った。

「そなたたちではない。水城はおるか」

「これに」

御広敷用人の最後尾で控えていた聡四郎は声をあげた。

「水城でございますか」

露骨に嫌な顔を小出半太夫が浮かべた。

「水城では不足か」

「なにぶん、用人になりましてから日が浅く、まだ御広敷のことを十分に知っておるとは言い難いかと」

小出半太夫が告げた。

「そうか。では、そなたに頼もう」

「喜んで」

さっと小出半太夫の顔色が明るくなった。

将軍吉宗の幼なじみで、新設された御側御用取次に抜擢された加納近江守は、寵臣と受け止められていた。御側去《おそばさ》らずで、吉宗の政務を補佐する加納近江守は、近いうちに万石へ加増され、若年寄となり、数年のちに老中へ引きあげられると衆《しゅう》目《もく》の一致するところであった。その加納近江守に気に入られれば、出世の糸口になる。小出半太夫が売りこんだのも無理のない話であった。

「では、御広敷伊賀者組頭のもとへ案内せい」

「伊賀者でございまするか」

小出半太夫が首をかしげた。

「上様の御用である」

問答無用だと加納近江守が強く言った。

「はっ」

小出半太夫が隣の御広敷伊賀者詰め所に加納近江守を案内した。

「御側御用取次の加納近江守さまである。控えろ」

最初に入った小出半太夫が大きな声で命じた。

「ははっ」

藤川が手をついた。

「上様のご諚である。本日絶家届けの出た太埜以下三家の復を許す」

「……………」

加納近江守の宣告に、藤川が黙った。

「どうした。上様のご恩情であるぞ」

「……ありがたくお受けいたしまする」

急《せ》かされて藤川が、感情のない声で応えた。

「なお、三名の遺体は組屋敷に下げ渡される」

「……なっ」

藤川が驚愕した。

「伊賀の任で命を落としたのだ。ていねいに弔ってやれとのことだ」

「……」

追い撃ちをかけるような加納近江守の言葉に、藤川は絶句した。

肯定すれば、吉宗を襲わせたのが己の命令だと認めた形になり、断れば組のために死んだ者への情けはないのかと組内から非難が出る。もちろん、引き受けられないと、組の誰もがわかっている。だが、藤川の失敗がこの事態を招き、三人の仲間を失ったのだ。仲間の復讐はかならず遂げるという掟があることからもわかるように、伊賀の忍は情が厚い。そうしなければ、生きてこられなかったという歴史がそうさせた。だけに、対処が難しかった。

「遺骸を見て、組内に縁の者がおりましたならば、その者に任せようと思います る」

その場での返答を藤川が避けた。

「よかろう。ただし、上様がお名前を覚えたほどのものである。かならずどうしたのかは報告いたせ。小出であったな。そなた、責任をもって吾のもとまで報告せよ」

「死体をどうしたかをでございますか」

「そうじゃ。上様の御用でもある。不服か」

「とんでもございませぬ」

あわてて小出半太夫が首を振った。

「うむ」

うなずいた加納近江守が、背を向けた。

加納近江守と小出半太夫を見送った藤川の顔がゆがんだ。

御広敷伊賀者に大きな楔を打ちこまれたと、藤川は悟った。

「吉宗め」

「これ以上なにかあれば、儂は終わりだ。組頭を追われるどころではない。組内の者から制裁を受けることになる」

藤川が焦った。

伊賀はその昔から、郷中で合議してすべてを決めてきた。伊賀の三家と呼ばれた服部、藤林《ふじばやし》、百地《ももち》も、それぞれの郷中を代表する者でしかなく、主従関係ではなかった。個々では対応できないことには、いつも総出で集まり、合議の結果どうするかを決めていた。その色合いは今でも濃い。

伊賀者組頭も世襲制ではなく、御広敷伊賀者のなかで選ばれてその座に就く。その座に就いている間だけ、組頭として扶持米を多くもらい、配下を指揮できるが、隠居すればそのすべては、子ではなく、他の伊賀者のものとなる。つまり、皆の支持を失えば、藤川は一日たりとても組頭ではいられなかった。

「郷の女忍が問題だ。もし、吾が竹姫さま襲撃にかかわっていたと漏らされれば……なんとしてでも女忍を片づけねばならぬ」

藤川が立ちあがった。

「誰がいる」

七つ口手前の伊賀者番所へ移った藤川が、控えている配下たちを確認した。

「ちょうどよいな。穴太《あのう》、岩崎《いわざき》、丹川《にかわ》、おぬしたちは、宿直《とのい》番か」

組内でも腕利きの三人がいたことに、藤川がほっとした顔をした。

「いいや、我らは当番だ」

藤川の問いに、三人を代表して岩崎が答えた。

「では、今夜、一仕事頼みたい」

「断ろう」

穴太が拒んだ。

「なにっ」

即座の拒否に藤川が唖然とした。

「もう、おぬしにはついて行けぬ。太埜の隠居たちまで死なせたようではないか」

「あれは違う。勝手に……」

「勝手にだと。おぬしの指示で跡継ぎを失った復讐を、勝手にと言うか」

穴太の口調が険しくなった。

「すまぬ。失言じゃ」

急いで藤川が訂正した。

「どちらにせよ、吾はごめんこうむる」

言い捨てて穴太が番所を出ていった。

「……おぬしたちは」

「話だけ聞こう」

「同じく」

残った岩崎と丹川が用件を促した。

「用人の家に捕らえられている郷の女忍を助け出す」

「ほう」

「なぜ」

藤川の言葉に岩崎が感嘆し、丹川が首をかしげた。

「同胞《どうほう》を助けるのに不思議はなかろう。郷に恩も売れる」

「本気か」

丹川があきれた。

「助けきれないと判断したときはどうする」

「殺す」

もう一度訊いた丹川に、藤川が答えた。

「……本音はそちらだろうな。情など持ち出すなよ」

丹川が藤川を見た。

「伊賀のことをしゃべられてはまずかろう。助けられれば、伊賀の郷にも、女忍にも恩が売れる」

「女忍に恩など売っても意味なかろう。女忍ならば、我が組内にも居る。一人増えたところでどうということはないだろう」

岩崎が疑問を呈した。

「美しいのだ」

「えっ」

「………」

二人が聞きまちがえたかといわんばかりの顔をした。

「あれならば、どこの大名でも側室に欲しがろう。日本橋《にほんばし》あたりの豪商ならば、千両、いやもっと積むはずだ。どちらに売りこめても、我らの利となることは確実。命を救われたのだ。恩には報いねばなるまい。郷も殺されていて当然の女忍を助けたとなれば、返せとは言えまい」

「そこまでするほどの美形か」

岩崎が目をむいた。

「おもしろそうだな」

丹川が興味を持った。

「やるだろうな」

「ああ。それだけの美形だ。一目見ておきたい」

「かまわぬ」

藤川の確認に二人がうなずいた。

「では、今夜頼むぞ」

そう命じた藤川に制止がかかった。

「待て。我ら二人だけでか」

「無理を言うな。用人の屋敷には、あの従者もいるのだぞ」

二人揃って、藤川に文句をつけた。

「……………」

藤川が黙った。

「気づいておらぬわけではないだろうな。なぜ、続けざまに失敗したかを。戦力の出し惜しみが原因だ。最初はしかたがないとしても、相手の強さがわかってからも、数名ずつで行かせた。それが敗北を招いた」

丹川が分析を語った。

「しかも今度は相手の屋敷だ。地の利はあちらにある。とても勝てぬ」

岩崎が無理だと言った。

「それでも組で遣い手と呼ばれている者か」

挑発するように藤川が口調を変えた。

「よせ。無駄だ。我らは甘くない。少なくともあと二人は要る」

大きく丹川が手を振った。

「……難しい」

藤川が顔をゆがめた。

「上様の楔が効いてきたからな」

「起死回生《きしかいせい》と行きたいのだろうが……」

丹川と岩崎が顔を見合わせた。

「二人でというなら、断る」

声を揃えて、丹川と岩崎が拒絶した。

「組頭の命だぞ」

「狼《おおかみ》の遠吠えより値打ちがなくなっていることくらいわかっておるだろう」

丹川が冷笑した。

「うっ……」

藤川が詰まった。

「今から組屋敷へ帰り、人を募ってくるといい。我らは七つ（午後四時ごろ）までここにおる」

岩崎が促した。

「組屋敷では話ができぬ。上様の手がかなり浸透している。話が漏れかねぬ」

苦渋の表情を藤川が浮かべた。

「ならばご破算《はさん》だな」

さっさと丹川が興味をなくした。

「美形は見たいが、死ぬ気はない」

岩崎も追従した。

「……もう一人なら手配できる。それでどうだ」

少し思案した藤川が口を開いた。

「一人か。かなりの遣い手でないと無理だな」

丹川が気乗りしないと言った。

「誰だ」

一応と岩崎が問うた。

「吾だ。吾自ら指揮を執る」

藤川が宣した。

四

水城家のある本郷御弓町は、御三家の水戸徳川家の上屋敷の裏側にあり、五百石から千石ていどの中級旗本の屋敷が固まっている。水城家の両隣も五百石、六百石と石高も近く、屋敷の大きさも似通っていた。

その右隣との塀を音もなく三つの影がこえた。

「もう少し後のほうがよいのではないか。まだ、皆眠りについてはおるまい」

岩崎が忠告した。

「いや、寝静まると我らの気配が目立つ」

藤川が首を振った。

人は眠ると呼吸の数が減って一定になる。気配が少なくなるのだ。そのなかに忍びこめば、いかに忍といえども目立つ。とくに剣術の名人などが気を張っていれば、敷地に入っただけでも見つけられる。

「人が起きていて動いていれば、我らもそれに紛《まぎ》れられる」

「なるほど」

「わかった」

説明に二人がうなずいた。

「さて女忍はどこだ」

覆面をずらした丹川が鼻を出し、うごめかせた。

「女の匂いは……多いな。全部で六つ。四つと二つに分かれているようだ」

「四つは女中だろう。用人ともなれば、それくらいは抱えているはずだ」

報告に藤川が述べた。

「たしかに。四つはその勝手口に近い」

どこの屋敷でも勝手口近くに女中部屋はあった。

「二つはどこだ」

「屋敷の奥だな。我らから見て向こうだ」

藤川の問いに丹川が指さした。

「庭を回るか、屋根から行くか」

「屋根から行こう。場所が特定できれば、そこの瓦を剝《は》がせばすぐだ」

岩崎の質問に藤川が告げた。

「……」

無言で同意した二人が、駆けだした。

音もなく屋根を駆けた三人が、母屋《おもや》の奥で止まった。

「ここか」

「ああ。女の匂いと薬の匂いがする」

ふたたび鼻を露《あら》わにした丹川が首肯した。

「岩崎」

「ああ」

ていねいに岩崎が瓦を剥がした。現れた屋根板を懐から出した苦無《くない》で切り取る。

苦無は木の葉の形をした忍武器であった。薄くその縁にぎざぎざの刃が付いた苦無は、手裏剣や隠し武器以外にのこぎりとしても使えた。

「………」

開いた穴に三人が身体を滑りこませた。

「……うん」

いつものように紅の手当てを受けていた袖が不審げな顔をした。

「痛かった」

包帯を巻き直していた紅が気にした。

「いや……」

袖が首を振った。

「まだまだ傷がふさがるには日にちがかかりそうよね」

先日の怒りを紅は残していない。江戸の庶民はその日その日生きるのが精一杯な者ばかりである。その最たる者である人足を取り仕切ってきた人入れ屋の娘紅も、わだかまりを後に残さない気性であった。

「玄馬さんももう少し手加減してあげればいいものを」

紅が袖に浴衣《ゆかた》を着せた。

「家臣であろう」

「……玄馬さんのことかしら」

「そうだ。どうしてさんをつける。呼び捨てにして当然なはずだ」

袖が疑問を呈した。

「あたしがここに嫁入り前に町人だったことは知っているわよね」

「ああ。調べたからな」

確認する紅に袖が答えた。

「そのとき、玄馬さんは御家人の息子さんだった。当然大宮さまと呼ばなきゃいけなかったんだけどね、玄馬さんからさまづけはやめてくれるように言われて、さんになったのよ。それが続いているだけ」

紅が思い出して笑った。

「笑うような話なのか」

袖が首をかしげた。

「思い出したら笑えてきて。だって、あたしがさまづけしたら、聡四郎さんの想い人にさまづけされるのは畏れ多いって……」

紅が頰を染めた。

「……」

紅が照れるわけがわからないといった表情を袖が浮かべた。

「まだ聡四郎さんとは、なんのお話もしていなかったときだったのよ。そう、お互いに好きだとかどうとか言ってなかったころでね。あなたも見たでしょう、聡四郎さんを。堅物でさあ、あたしのことをどう思っているかなんて、一言も言ってくれない。そんなときに、玄馬さんをつうじてとはいえ、好きって……」

「……よかったな」

丸髷《まるまげ》の武家女房が娘のように喜ぶ姿に、袖があきれた声を出した。

「……失礼するわね」

頬にあてていた手をおろし、紅が己の傷跡の手当てをしようと帯をゆるめ始めた。

「一つ訊いても良いか」

「なに」

紅が帯に回していた手を止めた。

「傷の手当てをなぜここでする」

「夫に見せるわけにはいかないでしょう。跡が残るのはしかたないけど、生々しい傷を見せつけては、聡四郎さんが悲しむもの。自分のせいであたしを巻きこんだって」

すっと紅の表情が引き締まった。

「女はね、己の身体を好いた男にしか見せないものよ。そして好いた男に求められたいの。罪の意識を持たせてはだめ。聡四郎さんが、あたしに触らなくなるでしょう。それはだめ。聡四郎さんはあたしのものだから。ねえ……」

紅が袖の目を見つめた。

「命をかけて守ってくれる男があなたにはいる」

「そんなものおらぬ」

訊かれた袖が否定した。

「そう。それではわからないでしょうね。女は執念深いものよ。己のために命を懸けてくれた。命を救ってくれた男を欲しがるのは女の性《さが》。その男との間に新たな命を育《はぐく》みたいと考えるのは本能。そして、なによりその男を失いたくないと思う。失うとは死ぬという意味以外にもあるのよ」

「他の女に盗られる……」

「そう。そんなことはさせない。そのために、女はずっと愛しい男から欲しがられなければならない」

女の顔になった紅が言った。

「わからぬ。男は女を性欲の発散としてしか見ず、女はそれを利用して庇護や金などの利を求めるものではないのか」

首をひねりながら袖が同意しかねると述べた。

「いずれあなたにもわかる日が来るわ」

「……いずれか。ならば、その日まで生きておらねばならぬな。敵だぞ」

紅に言われた袖が、天井を見あげて大声をあげた。

「玄馬さん」

一瞬の戸惑いもなく紅も叫んだ。

「くそっ」

天井板を蹴破って、藤川たちが落ちてきた。

「そなた、伊賀を裏切る気か」

「殺しに来たのはそちらであろう」

仰向《あおむ》けのまま袖が言い返した。

「なにを。我らはそなたを救いに来たのだぞ」

藤川が告げた。

「その割に、刃に毒が塗られているようだが」

藤川の忍刀を見た袖が口の端をゆがめた。光の反射を避けるために黒漆を塗られている忍刀の刃が濡れて光っていた。

「……………」

見抜かれた藤川が黙った。

「我ら郷から金を受け取って、用人と従者を討つ手助けをすると約しておきながら、なにもしないにひとしいだけでなく、我らを手駒のごとく使い潰し、果ては助けに来るではなく殺そうとする。戦国以来の伊賀の信義《しんぎ》を捨て去るとは、江戸の伊賀も堕ちたものよな」

袖が皮肉を口にした。

「黙れ、そちらこそ、命ながらえて敵の手に落ち、おめおめと生きながらえるなど、伊賀の忍の風上にもおけぬ」

「伊賀の忍は死んではならぬ。どのような恥をさらし、操《みさお》を失っても生き延びて、敵の詳細を味方に報せる。そうではなかったのか。郷ではそう教えている」

「……………」

反論に藤川がふたたび詰まった。

「使えないとわかっていたな、組頭」

大きくため息を吐いて岩崎が藤川を見た。

「たしかに古今稀《ここんまれ》なる美貌だ。だが、賢すぎる。馬鹿はくノ一として役に立たぬが、賢すぎる女はもっと使えぬ。こちらの真の意図を見抜くからな。道具としては役に立たぬ」

「……………」

藤川は沈黙を続けた。

「吾は抜ける。無駄死にはご免被《こうむ》ろう」

岩崎が柱を蹴るようにして、天井板の破れへと帰った。

「おぬしはどうする」

天井裏から岩崎が丹川に問うた。

「残る。伊賀を倒し続けてきた従者と戦ってみたい」

丹川が首を振った。

「そうか。止めはせぬが、忍としてどうかと思うぞ。強者と戦いたいなどというのは、武芸者の心だ。その女忍が言うように、生き残るのが忍なのだ。とても意味のある行動とは思えぬぞ」

「この機を逃せば、死ぬまで大奥の番犬で終わる。それでは余りに情けないではないか」

岩崎の忠告に丹川が思いを告げた。

「そうか」

あっさりと岩崎の気配が消えた。

「袖さん」

忍の意識が天井裏へ向けられた隙を紅は逃さなかった。緩めていた帯に挟んでいた懐刀を鞘ごと抜いて、袖に渡した。

「いいのか」

受け取った袖が驚いた。

「あたしよりうまいでしょう」

紅は笑いながら、袖に掛けていた夜具を藤川へ投げた。

「……こいつ」

綿の入った夜具が拡がり、一瞬藤川を覆った。

「肚の据わった女だ」

丹川が感心した。

「奥さま」

二部屋離れたところで待機していた大宮玄馬が襖を蹴倒して飛びこんできた。すでに脇差を抜いていた。

「来たか」

振り向きざまに丹川が手裏剣を投げた。

「なんの」

脇差の刃ではなく、峰で大宮玄馬が手裏剣を弾いた。鉄の固まりである棒手裏剣をあてては刃がかける。

「ほう……噂どおりに遣う。楽しめそうだ」

満足そうに感心した丹川が忍刀を抜き放った。

「こいつ、じゃまするな」

夜具を投げつけられた藤川が、引きちぎるように捨てると紅へ斬りかかろうとした。

「おまえの相手はこっちだ」

懐刀を右手に持った袖が、左手で鞘を藤川へ投げた。

「……ちっ」

目の前を鞘に遮られて、藤川が紅を襲うのを止めた。

「動けぬくせに」

藤川が忍刀を構えた。

「伊賀の毒だ。かすっただけでも身体が腐る。知っているはずだ」

「ああ。附子《ぶす》に屍毒《しどく》を合わせたものだろう。猛毒だが、かすっただけならば、すぐに吸い出せば助かる」

脅すことで相手の気迫を下げようとした藤川の策は、袖にいなされた。

「……生意気な」

いっそう藤川が怒った。

「まあ、動けぬ身体だ。殺されるのは覚悟している。だが、これでおまえも終わりよ。用人の屋敷を襲ったとあっては、もう御広敷には戻れまい。先ほど帰った忍がいたことから、もう見捨てられているようだしな。組でかばってもらえないだろう」

あからさまな嘲笑を袖が見せた。

「……くたばれ」

藤川が忍刀を振った。

横たわっている敵を攻撃するのは難しい。なにせ刀を持っている腕は肩についている。膝をつくか腰を屈めるかしないと、刃渡りの短い忍刀では届かないのだ。まして相手が刃物を持っているとあれば、うかつに近づけない。相手は敵の臑を簡単に払える。臑は人体の急所の一つである。肉が薄く、すぐに骨に届く。骨を切られれば、忍の特徴である素早い動きが失われる。藤川の腰が引けていたのも無理はなかった。

「ふん」

迫って来た忍刀を袖が懐刀で受けた。

懐刀の刃渡りは掌を拡げたほどと短い。もともと攻撃するための武器ではなく、武家の女が身を汚される前に自害するためのもので、刀身の厚みも薄い。

「いつまでもつか」

藤川が暗い笑いを浮かべながら、繰り返し刀をぶつけた。

「ちっ」

三度目を受けたとき、袖の懐刀が大きく曲がった。折れる前兆であった。

「これで終わりだ。おまえを仕留めたあと、用人一家を全滅させ、火をつければ我らの証拠はなくなる」

藤川が勝ち誇った。

「火つけは重罪」

横から紅が座敷に置いてあったものを手当たり次第に投げた。

「……そんなもの」

女の投げたものである。速さも威力もない。藤川はなんなくそのすべてを避けた。が、貴重なときを稼ぎ出した。

「死ね」

繰り出された丹川の忍刀を脇差ではじいた大宮玄馬は、そのまま位置を入れ替えるように前へ出た。

「止めだ」

最後とばかりに藤川が袖へ忍刀を送った。

「くううう」

背中の痛みに呻きながら、袖が転がった。

「……動けないのではないのか。だが、最後の抵抗だな。傷口が開いたようだ。背中が血で真っ赤だぞ」

一瞬唖然とした藤川だったが、すぐに追撃した。

「これで終わりだ」

藤川が息も絶え絶えになった袖の上から忍刀を突き刺そうと振りあげた。

「させるか」

後ろから大宮玄馬が藤川へ斬りつけた。

「おうっ」

殺気を喰らった藤川が逃げた。

「……丹川、押さえておかぬか」

藤川が文句を言った。

「すまぬ。油断した」

詫びながら丹川が大宮玄馬を狙った。

「来い」

足を送って大宮玄馬は二人を見渡せる扇の要の位置を取った。

「まずこいつを片付けるぞ」

藤川が目標を大宮玄馬に絞ると告げた。

「わかった」

丹川がうなずいて、間合いを詰めてきた。

「しゃっ」

手裏剣を撃ちながら、丹川が斬りかかってきた。

目を狙って来た手裏剣をしゃがんでかわした大宮玄馬が、そのままのめるようにして前に出て、脇差を薙いだ。

「つぶらぬというのか」

人というのは目に向かって近づくものがあれば、一瞬閉じる。これは身体の反射であり、なまなかな意志では防げない。それを大宮玄馬はしてのけた。

目を閉じることで生まれる死角を逃さず突くため、勢いよく突っこんできた丹川は、自ら大宮玄馬の薙ぎに身を投げ出す結果となった。

「ぐえっ」

まともに鳩尾に一刀を入れられて、丹川が死んだ。

「なにごとぞ」

騒動に気づいた聡四郎がようやく書斎から駆けつけた。

「……まずい」

藤川が舌打ちした。

「その声は藤川だな」

顔を隠しているが、すぐに聡四郎は気づいた。

「どうする」

大宮玄馬が脇差の切っ先を藤川に模した。

「………」

藤川が懐からなにかを出して床にたたき付けた。たちまち白煙が上がった。

「目つぶし……」

息を止め、目を閉じた大宮玄馬が、思いきり身体を伸ばし、脇差を前に出した。

甲高い音がして、脇差から火花が散った。

「おのれっ。覚えていろ」

藤川の気配が上へ跳んだ。

「……逃げたか」

聡四郎は唇を噛んだ。

目つぶしの煙が晴れたあと、すでに藤川の姿はどこにもなかった。

「助けてくれた……」

袖が大宮玄馬の脇差を見て、息を呑んだ。大宮玄馬が精一杯身体を伸ばし、目つぶしと同時に藤川が袖へ放った一撃を防いでいた。

「届いた」

大宮玄馬がほっと身体の力を抜いた。

「すまぬ。遅れた」

聡四郎が紅に詫びた。

「………」

無言で紅が聡四郎にすがって泣いた。

「怖かった……」

「もう大丈夫だ」

聡四郎が紅の肩を抱いた。

「かたじけない」

脇差の血を拭い、鞘へ戻した大宮玄馬が袖に頭を下げた。

「なんで……」

「奥さまにやつらの気が向かぬよう、注意を引いてくれていたであろう」

大宮玄馬は袖の言動の意図を読んでいた。

「……」

袖がなんともいえない顔をした。

「……ごめん」

一言断って、大宮玄馬が袖の身体に触れた。紅が着せかけた浴衣を引き裂いた。

「なにを……」

「傷口が開いている。動くな」

驚く袖に、そう命じて大宮玄馬が懐から出した手拭いで傷口を押さえた。

「紅、頼めるか」

そっと聡四郎が紅に声をかけた。

「うん」

子供のようにうなずいた紅が、聡四郎の腕のなかから出て、大宮玄馬と代わった。

「助けてもらった礼というか、妻女の無謀さにあきれたというか」

手当てを受けている袖が話しだした。

「しゃべっては駄目。傷口が開いているのよ」

紅が諫めた。

「他人のことを言えた義理か」

袖があきれた。

「用人」

「なんだ」

呼びかけられて聡四郎は応じた。

「おぬしの妻女は、孕《はら》んでおるぞ」

「なにっ」

内容に聡四郎は驚愕した。

「乳の張り、乳首の色づき。まちがいないはずだ。身体の変化をとらえるのも伊賀の女忍の修行の一つ」

袖が告げた。

「……やっぱり」

手当てしている紅の手が止まった。

「どうして黙っていた」

聡四郎は紅に迫った。

「そうじゃないかなとは思っていたけど……こんなたいへんなときに曖昧な話をするのはどうかなって……」

紅が声を小さくして言いわけした。

「なにを言うか。そなたの身体が大事ではないか。ああ。知っていたら八幡宮などに行かせはしなかったものを」

「馬鹿が」

後悔する聡四郎を袖が罵った。

「きさま」

大宮玄馬が激した。

「落ち着け。よく考えろ。妻女がいたから、姫は助かった。そうではないか。悔やむより結果を喜ぶべきだろう」

袖の言いぶんは確かであった。紅が防いでいなければ、まちがいなく竹姫は死したか、あるいは門限に遅れていた。

「そうであったな。だが、今後は駄目だ」

認めた聡四郎は、これ以上紅を巻きこまないと言った。

「わかっているわよ。あたしもそこまで無茶しないから」

紅もうなずいた。

「でも、竹姫さまのところへは、ぎりぎりまで行くからね」

「……一度言い出したら聞かぬからな」

はっきりと言い切る紅に、聡四郎は嘆息した。

「殿」

大宮玄馬が決意の表情で聡四郎を見上げた。

「このままではすまさぬ。我慢も限界である。明日上様のお許しを得る」

聡四郎も肚をくくっていた。

「御広敷伊賀者を討ち滅ぼすぞ」

攻めに転じると聡四郎は宣した。

図版・表作成参考資料

『江戸城をよむ——大奥　中奥　表向』（原書房）

光文社文庫

文庫書下ろし／長編時代小説
血《ち》の扇《おうぎ》 御広敷用人《おひろしきようにん》 大奥記録《おおおくきろく》(五)
著者 上《うえ》田《だ》秀《ひで》人《と》

2014年1月20日 初版1刷発行
2023年4月5日 10刷発行

発行者 三宅貴久
印刷 新藤慶昌堂
製本 ナショナル製本

発行所 株式会社 光文社
〒112-8011 東京都文京区音羽1-16-6
電話 (03)5395-8149 編集部
8116 書籍販売部
8125 業務部

ISBN978-4-334-76691-7 Printed in Japan

組版 萩原印刷

光文社時代小説文庫　好評既刊

旅発　上田秀人
検断　上田秀人
動揺　上田秀人
抗争　上田秀人
急報　上田秀人
総力　上田秀人
破斬　決定版　上田秀人
熾火　決定版　上田秀人
秋霜の撃　決定版　上田秀人
相剋の渦　決定版　上田秀人
地の業火　決定版　上田秀人
暁光の断　決定版　上田秀人
遺恨の譜　決定版　上田秀人
流転の果て　決定版　上田秀人
惣目付臨検仕る　抵抗　上田秀人
術策　上田秀人
開戦　上田秀人

内憂　上田秀人
幻影の天守閣　新装版　上田秀人
夢幻の天守閣　上田秀人
鳳雛の夢（上・中・下）　上田秀人
本懐　上田秀人
半七捕物帳（全六巻）　新装版　岡本綺堂
影を踏まれた女　新装版　岡本綺堂
中国怪奇小説集　新装版　岡本綺堂
江戸情話集　新装版　岡本綺堂
女魔術師　岡本綺堂
狐武者　岡本綺堂
西郷星　岡本綺堂
修禅寺物語　新装増補版　岡本綺堂
若鷹武芸帖　岡本さとる
鎖鎌秘話　岡本さとる
姫の一分　岡本さとる
父の海　岡本さとる